百年寫作十二講

閻連科
的文學講堂

十九世紀卷

閻連科
著

中華書局

百年寫作
十二講

閻連科的文學講堂

十九世紀卷

○ 責任編輯：楊　歌
○ 裝幀設計：立　青
○ 排　版：楊舜君
○ 印　務：劉漢舉

○ 著者 ○
閻連科

○ 出版 ○
中華書局（香港）有限公司
香港北角英皇道 499 號北角工業大廈一樓 B
電話：（852）2137 2338　傳真：（852）2713 8202
電子郵件：info@chunghwabook.com.hk
網址：http://www.chunghwabook.com.hk

○ 發行 ○
香港聯合書刊物流有限公司
香港新界荃灣德士古道 220-248 號
荃灣工業中心 16 樓
電話：（852）2150 2100　傳真：（852）2407 3062
電子郵件：info@suplogistics.com.hk

○ 印刷 ○
美雅印刷製本有限公司
九龍觀塘榮業街 6 號海濱工業大廈 4 樓 A

○ 版次 ○
2017 年 7 月第 1 版
2022 年 5 月第 1 版第 3 次印刷
© 2017 2022 中華書局（香港）有限公司

○ 規格 ○
16 開（220 mm×150 mm）

○ ISBN ○
978-988-8488-04-9

O　　閻連科近影

目 錄

自序：拙人課語

閻連科

2015 年底，每天都在北京的深霾中賤愁賤悶。忽一時，電話響了。是香港科技大學的文學批評家劉劍梅教授的日出詢問。問我願不願到科大教一學期的寫作課，說如果去了就為了這好，為了那好。唯一沒有說是為了我好。

看到了光。人生總是在難的時候有新門洞開。我從來覺得，在文學的路上，我不是一個無運的作家。這一如，在我的寫作和翻譯中，與陳豐女士的相遇，所有外世的一切，都緣於她為你掀開的那頁。如何能不去呢。一條關在死屋的狗，見着一條門縫也是要試着鑽的，何況門扉洞開，怎會不有一顆喜逃的心。

香港科大，在香港西貢那兒。香港人覺得遠偏如歐洲之於非洲，但對北京來說，就是天安門之於北海。三年之前，我和余華曾到那兒住校兩個來月，都感慨那兒的山，那兒的水 —— 一灣海水，藍到覺得自己身上、心裏，總是匿着一層骯髒。還有那兒的人，多少與我們有着類別的不同。不是說他們一定好過我們，而是說，他們更為單純。謙遜在那兒鋪天蓋地，像草原的豐綠，田野的碩禾。教授和專家

們，都像考試不好的學生。學生們多像早年踢着石子、唱着兒歌去往學堂的童娃。而那時，科大才建校 20 餘年，在亞洲的排名，卻已是前突到了出奇。理工科，科學與理性，那是他們的脊樑，可為了讓理科的孩子在成才的路上，有更為豐潤的人生滋養，他們特意請了劉再復先生在那兒教書授課。

是劉再復在那理工的山脈，墾出了一塊文學的地壤。我和余華，都是到那地壤邊上站站，摘幾顆甜果吃吃的閑手。後來，還有蘇童、子建、舒婷、李洱等。還有許多別的作家和詩人，都定期到那兒住校走停。讓我去那兒教書，我知道不是因為我比別人小說寫得更好，而是他們，都身子被栓，脫不開公務家事。再或者，對所謂講課，總覺得不如自己寫作更為愉悅，更可自己。而在我，更不是能講、善講、也想講。—— 我深知我的口拙；對寫作多有遲鈍和謬誤。之所以去了，是因為一生中都不知為何，總有一種逃遁的寄望。哪怕是暫時的離開。

也就去了。

為了應對，也就寫了這些講稿。直白、簡淺，充滿個人的胡扯和拾人牙慧的偷懶。把這說成講稿，我都有些羞愧。說成是為了應對講課的扯話，其實更為恰切。這也不是說我真的不夠認真，是說我身上只有這點水分。想讓我把話說得新鮮、深奧、學問，實在難為我了。還有那兒的學生，好到喜人，雖都是理科高才，不知為何都有很好的文學悟感。天生？或者因為科大的人文教育？誰知道呢。反正他們愛

理喜文，很和內地的學生有着差別，因此對我的常言俗說，也都相當包容。從來都足只與我菩言討論，從不侃侃爭論。

我在那兒過得非常快活。起居生活，好到不敢對人言說。天堂能在哪兒呢？天使能在哪兒呢？聖賢、哲人和科學家們，還有我們內地人最常說的與先賢相鄰的睦好鄰舍，你在那兒都看到了，遇着了，經歷着了。於是，不再抱怨人生，不再抱怨世事，也不再抱怨文學。讀點兒書，清理一下滿腦子的寫作亂線，末了完了，重新開始寫作，這不正是一種美滿嘛。《百年寫作十二講：閻連科的文學講堂》十九世紀卷、《百年寫作十二講：閻連科的文學講堂》二十世紀卷，理過這些謬誤的雜亂，也許，小說在你的頭腦中，就會變得如魔鏡般潔淨。

2017 年 6 月 13 日 於北京

第一講

故事
：
一種講述的責任與契約

故事：一種講述的責任與契約

　　文學起源於傾聽與講述。沒有聽者，也就沒有講者。從原初去說，聽者遠遠重要於講者。是因為有人願聽，也才產生、培育了講述者 —— 講故事的人，而非先有一個滿肚子故事的講者，徒步走在遠古的曠野去尋找那些要聽、愛聽故事的聽眾。這也正如，是嬰兒對世界的好奇，培養、挖掘了母親唱歌的能力和父親編造與講述故事的才情，而非父母天然都有那樣的才華與能力，調動了嬰兒對世界的好奇。嬰兒對世界的好奇是一種本能，人類所有的才華，都最早起源於這種本能，包括寫作與講述。

　　如此，是故事創造了文學，而非文學產生了故事。

　　是聽者培養了講者，而非講者培養了聽者。

　　《一千零一夜》中當山魯佐德[1]為拯救無辜的女子同意嫁給國王，用講故事的方法吸引國王使國王「聽」不忍殺時，表面看是山魯佐德滿肚子的故事和講故事的能力控制了國王，其實，是國王愛聽故事的需求控制自己，並調動、滋生了這位講述者講述的天賦與能力。薄伽丘[2]不是天生就是薄伽丘，而是那個時代、社會的讀者 —— 聽眾，孕育、產生了薄伽丘。《十日談》中的一百個故事，是因為鼠疫流行，佛

1　山魯佐德：《一千零一夜》（又名《天方夜譚》）中講了一千零一夜故事的講述者。
2　薄伽丘：意大利傑出的人文主義作家、文藝復興運動的先驅。代表作有《十日談》與《菲亞梅塔的哀歌》等。

羅倫薩城裏十室九空，一片淒苦，這七女三男逃離到城外的穆尼昂河畔，因寂寥而對故事的需求，也才有了每人每天講一個故事的條件。於是，《十日談》產生了。薄伽丘成了今天的薄伽丘。

聽故事的人，要「聽個明白」，是他們天然對故事的要求。合理、邏輯、吸引人，這些對故事最低的要求，正如嬰兒對母乳甘甜的最本能的需要。為了滿足讀者（聽眾）的基本要求，作家 —— 講述者，就必須是一個「無所不知」的全知者。文學面對人類最初的讀者或聽眾，全知是作家的一種責任，而非作家天然就有的能力。在古希臘神話中，人們不知道人是從哪裏來的，天地是從哪兒來的，風、雨、雷、電和自然萬物，到底為何而生、又為何而日日的存在，這就要求講述者回答這些。所以，那些神話的講述者就被聽眾創造出來，他「無所不知」，幾乎能夠解釋聽眾所有的基本疑惑和疑問。

普羅米修斯踏上了大地，他是被宙斯廢黜神位的老一代神的後裔，是地母與烏剌諾斯所生的伊阿珀托斯的兒子。他清楚地知道，上天的種子就蟄伏在泥土裏，於是他掘了些泥土，用河水把泥土弄濕，然後按照世界的主宰天神的形象揉捏成一個人體。為了讓這泥做的人體獲得生命，他從各種動物的心裏取來善與惡的特性，再把善與惡封閉在人的胸中。在天神之中他有一個朋友，這就是智慧女神雅典娜。雅典娜很欣賞這個提坦之子的創造，便把靈魂即神靈的呼吸吹進了這僅有半個生命的泥人心裏。

這樣，就產生了最初的人，不久他們便四處繁衍，充滿了大地。[3]

這是人類留為文字的早期神話。既是神話，卻也是人類早期的創作和講述。在這個豐富的創作、講述過程中，需要的不僅是它要回答聽眾（讀者）對類似於「人是從哪裏來的」的種種疑問，更重要的，是作為講者「萬能所知」的「全知」。

知道並能夠講述，這就是聽眾和讀者對作為作家的講述者最基本的要求。於作家而言，「全知全能」是你面對讀者和聽眾必須承擔的講述責任。如果不能全知，你就不配為一個作家的角色。

從前，宇宙渾沌，隨着宇宙滄桑巨變，天地有靈。隨着天烏拉諾斯和神特拉（即該亞）的結合，在奧林匹斯山，產生了天地間十二大神主宰宇宙的局面。神都居住在人們無法攀登的奧林匹斯山上 …… 大神們就選擇了這塊地方來建造他們的宮殿，並在那裏統一宇宙……[4]

在古羅馬的神話故事中，《傳說中的眾神》回答了聽眾與讀者對天地萬物來源的疑問。時間是「從前」，地點就在人無法攀登上去的奧林匹斯山上，人物是十二眾神們，事件是「在那裏統一宇宙」。言之鑿鑿，有根有據，無論這些神話的作者是誰，首先是他的「知天知地」的全知，「說服」了聽者和讀者，得到聽者、讀者的「信任」。一如我們中國人對《山海經》的「堅信不疑」。我們從文化上相信女媧

3　（德）斯威布，《古希臘神話與傳說》，北京燕山出版社，2010 年，高中甫等譯，第 1 頁。

4　王新良編，《羅馬神話故事》，「傳說中的眾神」，宗教出版社，1998 年 3 月，第 1 頁。

補天[5]，相信后羿射日[6]，相信一個女人在遠古蠻荒的河邊，手持樹枝，在泥水裏沾沾打打，就有了無數無數的泥人兒[7]。這也就是華夏人類的起源。

之所以我們從來都不會從文化上懷疑這些神話故事真偽的實在性，是因為無論那些神話的第一作者是誰，他都與我們的祖先——那些最早的聽者或讀者建立了「信任」的關係。他們以「全知」的智慧、想像與思維，用故事的方法，回答了人類共同的疑問。於是，從那個時候起，聽者和講者形成了一種天衣無縫的無文契約。在這份契約上，清楚地寫着：我作為聽者，會給你以充分而足夠的信任；而你作為講者，要給我愉悅與解惑。

於是，故事在聽者和講者中間產生了，而非單單地產生於講者（作者）一邊。在這兒，與其說故事是人物命運的演繹或說是文學中情節對情節的延續，倒不如說是故事的講述者與聽眾（作家與讀者）之間契約履行的過程，是講者面對聽眾全知契約的兌現與展示。

●

時間在流動，聽者在一代代地消失與產生。當新的聽眾徹底地成為讀者時，荷馬[8]在古希臘大地上邊走邊唱的腳步停頓了下來。聽眾在漫長的一個世紀和又一個世紀中，把自己聽眾的角色，轉化為了讀

5　參見《淮南子·覽冥訓》。

6　參見《山海經》。

7　參見《山海經》。

8　荷馬：希臘史詩《伊利亞特》和《奧德賽》的作者，西方文藝史上第一位有作品流傳在世的偉大的吟遊詩人。

者。而講者，也終於成為了「作家」。在讀者的身上，雖然還流動着聽者的血液，但他的脈管裏作為讀者脈動的頻率，已經高到成形並佔據着主導。於是，那份講者與聽者最早的契約，就被時間的更替所完善。到了十九世紀，這份無文的契約，使幾乎所有的作家與讀者，都能看到屬於自己的條款，並能盡力地享受着自己的權力，履行着自己的責任與義務。

讀者，在尊崇作家的條件下，要求作家的寫作 —— 故事，必須滿足其以下的要求：

一、寫我。寫我和我的生活，使我在閱讀中身臨其境；

二、吸引我。使我在閱讀中得到愉悅；

三、思我所思。讓我想到或將要想到，及是我所思而我又長久無力表達的思考在故事中清晰呈現。

在我看來，文學中所有的故事，都不是所謂情節的迭加、延續和收場，不是人物命運路線的延宕和描繪，而是作家與讀者關係契約的履行、破壞與再形成。無非在 19 世紀的寫作中，這種契約多在忠實地履行裏。到了 20 世紀後，這種關係多在搖擺、破壞和再形成裏。19 世紀的寫作，讀者和作家一直在鞏固着前世百年留下的契約關係。這種鞏固的默契，一如子女對父母血液的繼承，達到了高度的認同和一致，使得文學在雙方的共同努力下，走向了頂峯的輝煌。而在這輝煌的光耀中，故事無疑是最為明亮的一柱。所有偉大的作家與作品，成敗都幾乎取決於作家向讀者所承諾的故事的契約兌現。隨之而來的

讀者為作家無私所獻出的掌聲和榮譽，也與這個兌現成正比。兌現愈多，讀者給作家的榮譽愈高；作家在這種榮譽中也就愈發偉大和被尊崇。反之，則相反。與之相對應的作家的作品，也亦是如此：兌現愈多，你的作品便愈為成熟、傑出與不朽；兌現愈少，你的作品便愈為黯然與短壽。長篇小說如此，中篇小說如此，短篇小說亦如此。這就使得小說中的故事，在十九世紀的百年間，更為清晰地呈現着對彼此契約遵守與履行的樣貌，哪怕在今天看來，這種履行顯得呆板、僵硬與可笑，卻也還保留着作家與讀者關係罕見的默契和誘人。

　　兩個小鄰居，一男一女，都出生大戶人家，年齡也相當，很可能有朝一日結成一對兒好夫妻。兩個人在一塊漸漸長大起來，雙方的家長都為日後的結合滿心歡喜。誰知道，沒過多久，做父母的便發現自己的希望快要落空了，因為在兩位可愛的小人兒之間，產生了某種特殊的敵意。[9]

　　歌德的這段文字，源自他出版於 1809 年的長篇小說《親和力》[10]的第十章，原名叫《兩個毗鄰人家的奇怪兒女》，今譯為《一對奇怪的小鄰居》，是小說男主人翁伯爵的旅人朋友住到他家裏後，給他的妻子夏綠蒂講的故事。這個故事在小說中對女主人翁的內心變化起着相當重要的作用，因為這個故事是「真實」的，而又和小說中的人物們的經歷有相似之處。但這個故事，又是相當獨立完整的一個短篇小

9　（德）歌德，《一對奇怪的小鄰居》，《世界短篇小說經典》（德語國家卷），春風文藝出版社，1994 年 11 月，第 30 頁，楊武能譯。

10　（德）歌德，《親和力》，人民文學出版社，1991 年 11 月，楊武能、朱雁冰譯。

說，可謂是小說中的小說。但實在說，作為短篇來閱讀與討論這《一對奇怪的小鄰居》，這篇小說無論是與歌德偉大的成就、地位相論相比，還是將其放在 19 世紀的偉大作家的那些不朽短篇中相論相說，都未免略遜一籌，但它所體現的作家與讀者在踐行契約的關係上，卻是那麼的忠實於作家對讀者承諾的遵守與踐行。這樣一篇小說的開頭，匆匆一讀，就可以體味到作家在故事中對「講者」身份的繼承。「你聽我講」和「全知的責任」，都可以在這一則浪漫的婚愛故事中，風光顯現，山峯兀立。小姑娘與小男孩兩小無猜，卻又因為無猜而產生莫名的敵意。於是彼此分開，各自成長。在小姑娘成長為大姑娘之後，她的身邊出現了一個人見人愛、出類拔萃的年輕人。一切都以水到渠成、波瀾不驚的方式使他倆成為了門當戶對的情侶。也就這時，完全如讀者的所料所企，那個分開到外鄉的男孩，長大了，回來了，彼此發現對方才是自己真正的所愛。少年時彼此的嫌隙敵意，原來是相愛真正的開端。於是，浪漫、傳奇和戲劇性的誤會與波折，在他們中間激蕩起落……而最終，有情人終成眷屬。

這，就是偉大的歌德在 19 世紀之初呈現給我們的《一對奇怪的小鄰居》的故事。今天看來，這個故事充滿了庸俗的浪漫和戲劇性，對讀者的尊重似乎含着討好的寓意。但把它放在《親和力》中就不一樣了。就恰如其分了。這兒需要多說幾句，1807 年問世的《親和力》，是作家向讀者履約故事的典範，其中大篇幅穿插的書信、日記和小說中的小說，不僅使故事變得好看、快節奏，而且有着 20 世紀「拼貼

結構」的雛形。就今天着眼，它在小說結構上的意義，更是值得借鑒和學習。回到《一對奇怪的小鄰居》，因為在《親和力》中它是一個別人講的「故事」，而這兒，它是一篇完整的小說。自然，這個完整中就會有着缺憾。然無論怎樣，從這篇小說中，我們可以清楚地讀出故事中作家與讀者契約履行的筆跡。浪漫、傳奇、戲劇性的誤會與矛盾，兌現的是作家對讀者「吸引我和愉悅我」的承諾。青春、婚戀題材的選擇，兌現的是作家向讀者許諾的「寫我和我的生活」與「我在其中，身臨其境」的條約。這也正如神話與傳說，表面回答的是人類對自身和世界的巨大疑問，其本質，那巨大的疑問，正是我們的祖先當時對自身最為日常的困惑與關心。而在文學從故事中產生雛形並最終形成後，故事擺脫了神話與傳說，進入了人和人所處的時代與社會，婚愛便成為幾乎所有人的「我的生活」。從這一點上說去，二百年前偉大的歌德寫作《一對奇怪的小鄰居》，不僅不是對讀者的妥協與討好，而且正是以最好的方式，兌現和更清晰地勾勒着作家與讀者逐漸寫就的關係契約的圖表與條款。為了這些條款的訂制和承諾，18世紀的 1774 年，25 歲的歌德寫就並出版了那部當時轟動整個歐洲的傑作《少年維特的煩惱》。在這部傑作的扉頁上，歌德明確地給讀者寫下了這樣一段話：

> 有關可憐的維特的事蹟，凡是我能夠找到的，我已經盡力搜集，並把它呈獻在你們面前，我知道你們會因此感謝我的。對於他的精神和品格，你們不可能抑制自己的欽佩和愛慕，對於他的遭遇，你們不可能吝惜

自己的眼淚。

至於你，善良的靈魂呀，你正在感受像他那樣的苦惱，從他的悲痛中汲取安慰吧。如果由於命運或者你自己的過錯，無法找到一個更親密的知己，那就讓這本小說做你的朋友吧！[11]

在這段明瞭的話音中，我們明鏡般看到了天才的歌德，天才地明瞭着作家與讀者、小說（故事）與讀者的那種無字的契約：作為作家，你要從讀者那裏獲得至高的榮譽，那你就要最大限度地兌現契約中讀者的要求：寫我、吸引我、思我之所思。《少年維特的煩惱》無疑是這種契約兌現最好的實踐與範例，為十九世紀的作家履行故事與讀者的契約關係，樹起了典範的大旗。

在維特與綠蒂的故事中，與其說那是維特與綠蒂的故事，毋寧說是青年才俊歌德與夏綠蒂·布甫[12]及約翰·克斯特納[13]和一個名叫耶路撒冷[14]的青年的故事。與其說這是二百年前的幾位青年男女的故事，倒不如說是當時整個德國乃至整個歐洲青年們的故事。在這部小說中，故事最大限度地在「寫我」中寫了幾乎所有的讀者，替所有讀者完成了所謂「揭露當時德國社會封建貴族的虛偽、庸俗和腐朽，抨擊這個病態社會」[15]及對宗教禁慾主義的反抗與思考。藉此，也超乎想像

---

11 （德）歌德，《少年維特的煩惱》，上海文藝出版社，1982年1月，侯浚吉譯。

12 夏綠蒂·布甫：真實生活中歌德最早並終老不忘的情人。

13 約翰·克斯特納：真實生活中夏綠蒂·布甫的丈夫。

14 耶路撒冷：當時德國一起自殺身亡事件中的自殺者，《少年維特的煩惱》的故事後半部分的情節，也正來自這位自殺的青年。

15 同上《少年維特的煩惱》，第165頁。

地完成了「寫我、吸引我」的首文條款。從這個層面去說，自 1774 年開始，在歐洲所掀起的經久的「維特熱」，也正如一百多年後《青春之歌》在中國掀起的「道靜熱」——歐洲的青年，不僅要穿維特式的藍色燕尾服和黃色背心，而且還要學着維特去講話，甚至有人模仿維特去一槍斃命的自殺。這種狂熱的學習與模仿，是讀者贈與作家的最高之榮譽，也是讀者於歌德對故事與讀者關係的無字契約履行的最大之回報。

而《親和力》與其中的《一對奇怪的小鄰居》的寫作，也正是《少年維特的煩惱》寫作契約兌現的再作和實踐，故事中響徹着前作的餘音和回聲。其故事和讀者的關係，也正是歌德對這契約關係的再履行。因為歌德明瞭這種關係的再履行，才會在寫作中有作家對讀者——在今天看來那份過分討好的嫌疑與浪漫：

在一片悠揚樂聲中，遊船順流駛去。由於中午天熱，大夥兒都退進艙房，在房裏以猜謎和鬥牌自娛。年輕的主人卻閒不住，便去代替老船家把舵。不多一會兒，老船家已在他旁邊進入了夢鄉。恰巧這時，船行到了一處地方：兩座小島使河面變得很窄，平緩的卵石灘又不規則地突出在江心，水勢險急，舵手必須十分小心才行。青年聚精會神，兩眼直視前方，有幾次已打算喚醒船家，但到底還是鼓起勇氣，向峽口駛去。正好這當兒，他美麗的女友髮間戴着一個花環，出現在了船面上，拋給把舵的青年。

「留下作個紀念吧！」她喊道。

「快別打擾我！」青年回答，卻也接住了花環，「我必須全神貫注，把所有力氣都使上啊。」

「我不會再來打擾你啦！」說畢，姑娘便快步走向船頭，縱身跳入水中 [16]。

為了故事的好看，一方面歌德放棄了《少年維特的煩惱》中的細柔、綿美的心理與內化；另一方面，在這個短篇的一波三折中，歌德讓故事快速展開，峯起疊落，到終末花好月圓，終成眷屬。在故事中，既延續了故事在「維特」中那樣的「代人所思」，又不致使讀者在「維特」故事中的悲劇再生。從而，自那個時候的十八世紀末、十九世紀初，偉大的歌德、海涅、普希金、萊蒙托夫、果戈里、屠格涅夫、托爾斯泰、伏爾泰、巴爾扎克、雨果以及更早時的但丁、薄伽丘和塞萬提斯們，以及中國的曹雪芹、吳承恩和施耐庵，是他們替我們 —— 後來的作家們，漸次起草、修正和完成了文學故事與讀者的關係條約。使得整個的十九世紀的寫作，故事都在這個條約的框架下構思與完成，創造與守持。

十九世紀的作家、作者與讀者那種高度嫻熟的默契，多半的功績，要歸於故事與讀者的關係，歸功於那份故事與讀者長年形成的無字的契約。不是這樣，作家將不會讓幾乎所有的小說、戲劇的故事，都那麼傾斜向矛盾與衝突的一邊，甚至不惜對邏輯的衝撞，也要去贏得讀者、觀眾與聽眾的喝彩。作家對讀者真正的尊重，使十九世紀文

---

16 同前，《一對奇怪的小鄰居》，第 34 頁。

學走向了巔峯的雲端，這其中故事與讀者的契約關係，正是文學走向峯巔的雲梯。

⸺•⸺

回到故事的實體層面上，把「故事」當做一個詞彙、概念和文學構件的術語，是可以這樣說，倘若一部（篇）小說為一棵樹，那麼，故事就是這棵樹的枝和幹；倘若一部小說為一座山，故事就是這座山的石脈與塊壘；再或說，倘若小說是一條河，故事就不僅是河道，而且是流水。至於細節、語言和必不可少的閒筆與描繪、結構與節奏，則是這河道裏的分子、粒子與水生物的生命及兩岸之風光。十九世紀的小說，沒有故事是不可思議的，作家不重視故事與讀者的契約關係是不可思議的。哪怕從批評家和文學史家的角度說，他們把故事解釋為小說中情節相加之總和，細節排列組合之總庫，也不能否認作家藉助故事與讀者簽署的契約的存在。至於作家在創造（構思）故事時，是否真的如大仲馬 [17] 一樣，寫作中可以看見他的讀者就在他的眼前，那則是另外一樁一件的事情了，另外一類小說了。不在我們這兒要談的小說和故事的範疇內。

⸺•⸺

我在很多場合不斷地遇到記者問同樣一句話：「你在寫作中會想到你的讀者嗎？」開始，我是猶豫一會搖搖頭；後來，再聽到這樣的

---

17 大仲馬：《基督山伯爵》與《三個火槍手》的作者，小說通俗，故事緊湊，是法國 19 世紀最有讀者羣的通俗作家。

問，我就斬釘截鐵、毫不猶豫地回答道：「我不為讀者所寫，我只為我的內心而動筆。」這麼說，在這兒——換句話說，文學在跨過十九世紀後，是不是故事作為作家在寫作中履行的與讀者的契約已經不再存在了？是這樣。也不全是這樣。這個問題我們會在後面的課題上專講和討論，但在這兒，我想要說的是，作家在寫作中，沒有想到他的讀者，並不等於那份故事與讀者的契約不存在。一如歌德在寫《少年維特的煩惱》時，他心裏想的只是他的情感、苦惱和故事中人物的內心和世界，他一點都無法料到這部小書將在歐洲掀起的狂熱和對十九世紀文學的影響。然而，之所以產生這種狂熱與影響的巨大波瀾，正是因為歌德在寫作中高度暗合了故事與讀者契約履行的無文無言之條款。如果不是這高度的暗合，讀者自然不會對它抱以那樣的熱情和擁戴。這也正說明了以下的景況：當我們不是從小說文本物理的層面把故事視為小說情節的疊加、組裝之和時，而是從精神的層面、從作家寫作的本身，把故事視為作家履行與讀者契約——「寫我、吸引我和思我所思」的過程時，這個履行的過程，就呈現出不同的寫作狀況了：

一、完全不知契約存在卻又在寫作中履行着契約的寫作，如這兒反復討論的歌德在 20 幾歲寫作的《少年維特的煩惱》，托爾斯泰在 20 幾歲寫作的他的最偉大的小說《戰爭與和平》等。十九世紀的文學，偉大作家最初的作品，幾乎都是在這種渾然不知中履行着故事與讀者的契約關係。

二、已知契約的存在，但在寫作中忘記契約的寫作。這是許多作

家「視而不見」的經驗。是好作家必備的寫作能力，也是他們面對讀者的一種講述故事的態度。於是，故事超越了故事，轉化成了文學或偉大的藝術。

三、在寫作的過程中，故事和讀者的無字契約，就鋪在他的眼前和稿紙的上方。於是，故事在契約的履行中產生了。這一結果，故事淪為了故事（也可能昇華為文學），一如咖啡豆只是停留在果豆上，而不成為咖啡；棉花籽只是停留在果籽上，而不成為對人體有益的食油。讓故事在文學中成為了一部作品的皇權，還是讓故事僅僅成為作家履行與讀者契約的過程（作家在寫作中，有無數的契約需要履行），這將預示着截然不同的寫作結果。

關於故事和作家面對故事與讀者的講述（寫作）契約，所餘留的問題和拔出蘿蔔帶出泥的新問題，尤其是故事中「人與人的關係學」，那是故事在操作層面最重要的一環，我們後邊將有專門討論和爭執。然而這一講 ── 故事：一種講述的責任與契約，今天就到這兒收場和謝幕。

2016 年 1 月 2 日 於北京

人物
：
作爲寫作的一種終極之典型

人物：作爲寫作的一種終極之典型

這一講，我們分爲四個部分：

一、無聊的統計

在《發現小說》[18] 那本文學理論隨筆（請允許在這兒我把那本書也稱爲文學理論書）中，我總結過一個有趣的現象：

在十九世紀和二十世紀之初的偉大作家中，以人物名和與人物相關的事物與寓意命名（或被我們翻譯命名）的小說之多，可謂一道文學的風光與趣像：《巨人傳》《堂吉訶德》《浮士德》《棄兒湯姆‧瓊斯史》《魯濱遜漂流記》《少年維特的煩惱》《簡‧愛》《匹克威克外傳》《福爾賽世家》《高老頭》《歐也妮‧葛朗台》《包法利夫人》《苔絲》《安娜‧卡列尼娜》《父與子》《卡拉馬佐夫兄弟》《馬丁‧伊登》等。[19]

現在，我們把這個有趣的現象，朝着 19 世紀那些我們耳熟能詳的短篇小說領域稍稍地做些延伸，會發現這樣的篇目題名，更是多到堪爲一種文學奇觀。在 19 世紀法國的那些短篇大家中，以莫泊桑爲例，他的短篇中就有上百個這樣的題名：《西孟的爸爸》《保羅的女人》《瑪珞伽》《是我瘋了嗎》《兩個朋友》《那個小偷》《那個孩子》《霍爾

---

18 閻連科，《發現小說》，南開大學出版社，2011 年 7 月。
19 《發現小說》，第 24 頁。

康司女王》《爲少年守節的孤孀》《窯姐兒》《那位父親》《莫艾隆》《女瘋子的歸宿》《修理椅子的夫人》《一個兒子》《聖安端》等等等等。莫泊桑一生共寫了約 300 篇小說，以人物和人物加事件命名的小說題目就有 104 篇，約佔總篇目的 30% 強。在我書架上的《歐·亨利文集》[20] 中，共收入歐·亨利的短篇 125 篇，以人物和人物加事件命名爲小說題目的是 50 篇，比例爲 40%。而真正的短篇小說之王契訶夫一生寫了 500 餘篇，以人物和人物加事件命名小說題目的篇數共 130 來篇，其比例佔近 30%，而他最有影響和權威，代表了他短篇最高成就的那本出版在上世紀九十年代的《契訶夫短篇小說選》[21]，收入小說 28 篇，以人物和人物加事件命名小說題目的有 18 篇，比例高達 64%。把這種統計延伸到 20 世紀去，如同樹下摘果，路邊採花，隨手抽出《海明威短篇小說全集》[22]，共收入這位大鬍子的短篇 75 篇，以此命名的篇目爲 25 篇，所佔比例爲 30%。另一位短篇大家博爾赫斯，《博爾赫斯文集》[23] 的小說卷，收入這位作家的短篇 93 篇，其以此命名的小說篇目爲 42 篇（儘管他的寫作不以塑造人物爲己任），所佔比例爲 40%。1994 年，中國內地的春風文藝出版社出版了八卷本的《世界短篇小說經典》，這套叢書對當時的中國作家全面瞭解世界文學中的世界性短篇寫作功不可沒。它收入了 19 和 20 世紀幾乎所有國家

20　《歐·亨利文集》三卷本，內蒙古人民出版社，1998 年 3 月，閆玉英、雷武玲譯。
21　《契訶夫短篇小說選》，湖南文藝出版社，1994 年 12 月，周柏冬、張沈愚譯。
22　《海明威短篇小說全集》，上海譯文出版社，1995 年 10 月，蔡慧、朱世達等譯。
23　《博爾赫斯文集》小說卷，海南國際新聞出版中心，1996 年 11 月，王永年、陳眾議等譯。

的名家名作，共為 286 篇，其以此命名的小說篇數為 123 篇，比例同樣超過 40%。

這樣的統計，頗為無聊，如一個無所事事的孩子走在路上查數路邊的樹木，但卻也從另一個角度，證明了一個文學寫作中不為規律的規律：人物，在十九世紀文學中幾乎不可替代的至高而神聖的地位。倘若，我們從古希臘的荷馬史詩說起，到那些可以歷數的古代經典如《一千零一夜》《神曲》《十日談》《堂吉訶德》等這些偉大的傑作，在穿過歐洲文藝復興的歷史通道後，文學中的神秘、傳奇及故事的戲劇性在漸次地減弱，而人物終於上升成為文學中最為重要的角色，霸佔了作家寫作最為金貴、重要的筆端。到了十九世紀，可以說，人物幾乎就是文學終極之目的。

一個偉大的十九世紀的作家，沒有給讀者和後人留下那麼幾個活靈活現、入木三分的典型人物，說其偉大是不可思議的。在世界文學的人物畫廊中，哪個作家沒有獨一無二的文學人物留在文學史冊和讀者的內心，也就難有那個作家的名姓之存在。當塑造人物成為十九世紀文學最重要乃至有時是唯一目的時，作家的小說題目，多都直接採用人物的名字或與那名字相關的事件和寓意，就不是一種習慣和隨意，而是帶着十足的深思和熟慮。所以，千萬不要以為文學中某些做為符號的名字是隨意的。每一個人的名字背後都有其故事、意義和他（她）做為人物的重要性。即便中國鄉村常常給孩子們起名叫「大狗」或「二狗」「椿子」或「柱子」，都有其深刻的內涵和父母之思考──

狗：那是有「九條命」的傳說的。「椿子」和「柱子」，那是指夯打在地上就永遠不會跑掉走開的。是能「栓住」的。由此，我們也才從那些浩瀚的巨著中，會發現那些巨著的名字，原來多是小說主人翁的名字的文學深意——即人的意義。也才發現，在世界浩瀚的中短篇作品中，小說篇目的名字，直接來源為小說人物的姓名或加之與人物姓名直接相關的故事、事件或寓意的，竟高達 40% 以上，這也就簡單明瞭地證明：人——「人物」，在文學中不可撼搖的皇位。也由此，不言而喻地再次證明，人物做為人的具體、典型的代表，在小說中相比其它小說之元素，如語言、情節、細節、結構等，這些我們常常掛在嘴上，含在唇內、牙間的由新鮮至腐爛的食物——不得不時時吐出的物品中，人物是小說最為結實的基礎，是文學最為日常而又最為必不可少的主食。俗如一桌餐菜中，多種煎炒是可以不斷更換和變換花樣的，但主食卻是長久不換而且永遠存在的。通俗地說，人物，是一頓飯菜中的主食，而烹、炒後拼擺的各種炒菜，都是為了讓那主食變得更為味美、營養和多咽。

二、通向人物的寫塑之路

當典型人物成為一個時期文學最重要的目標或說寫作最高的理願時，塑造人物，也就成了走向藝術最高目標的途徑。當然，許多批評家和文本分析家們，已經替我們總結出了那些最為有效並在各種文本中都有鮮明路標的途徑。

（一）描述

> 她那雙深藏在濃密睫毛下閃閃發亮的灰色眼睛，友好而關注地盯着他的臉，仿佛在辨認他似的，接着又立刻轉向走近來的人羣，仿佛在尋找甚麼人。在這短促的一瞥中，伏倫斯基發現她臉上有一股被壓抑着的生氣，從她那雙亮晶晶的眼睛和笑盈盈的櫻唇中掠過，仿佛她身上洋溢着過剩的青春，不由自主地忽而從眼睛的閃光裏，忽而從微笑中透露出來。她故意收起眼睛裏的光輝，但它違反她的意志，又在她那隱隱約約的笑意中閃爍着。[24]

這是安娜在托爾斯泰筆下最初出場的描寫與敘述。這段文字不是簡單的人物外貌的描寫，而是深刻地暗示着安娜的性格和命運。「她臉上有一股被壓抑的生氣」「仿佛身上洋溢着過剩的青春」「她故意收起眼睛裏的光輝，但它違反她的意志，又在她那隱隱約約的笑意中閃爍着。」如此等等，我們初讀《安娜·卡列尼娜》時，是會把這段文字當成人物出場時的正常描繪 —— 托爾斯泰和巴爾扎克們總是那樣，在人物出場之前，對人物有着不厭其煩，不惜筆墨的描寫，當人物姍姍出場後，更是濃筆重彩，日月星輝，從衣服到首飾和拐杖，從頭髮、皮膚、眼睛到身材胖瘦和喜好，以至是人物的所思所想，都要父親樣替人物大包大攬，思來寫出。正是他們這樣事無巨細，無一遺漏的「全知」之描述，讓我們疏忽了安娜出場時的這段人物外在的描寫，對人物的內在和未來，有多麼重要和關鍵。以至我們看完全書，

24（俄）托爾斯泰，《安娜·卡列尼娜》，上海譯文出版社，1989年8月，草嬰譯，第80頁。

為安娜的命運和她所處的上流社會唏噓時，才隱隱感覺到這段描寫的不凡 —— 我是說，只要一個讀者願意第二次來讀這部偉大的小說，他就不會不驚訝地發現，這段對人物外在的描述，正是對人物最內在世界的開啟和開始，是作為人的人物 —— 安娜的性格、內心世界、內在靈魂，正是從這最初的描述中預告給了我們。她美麗而豐富，充滿生機而又備受壓抑，對新的生活嚮往而又猶豫，內心中飽含着不安的追求卻又和現實格格不入……這就是豐富矛盾的安娜。而這豐富的矛盾，當我們重讀或回味托爾斯泰的這段關於人物的描述時，不得不說，他才是小說中 —— 人物全知的上帝和贈人以靈魂的雅典娜。

（二）對話

毫無疑問，在塑造人物或說刻畫人物的途徑上，對話是最見作家寫作功夫的要塞。好作家與壞作家，往往可以在他們小說中人物的對話裏輕易地顯示出來，讓讀者比較出一個孰高孰低。好作家筆下的人物一張口，字字句句，珠珠機機，任何言語都來自人物的性格與內心；來自於人物帶有遺傳的血脈和靈魂。人物的苦痛與歡樂，都在那對話中顯示或暗藏。而庸常的小說家，人物的言談和人物的內心隔着一堵牆。他或她的話，不來自人物，而是故事的複述或情節之展示。實在說，這樣的對話，其實是小說喉管外面臃贅多餘的瘤。

好作家，讓對話成為人物內心的視窗；壞作家，讓對話成為故事路上的塵土，石粒和痰污。

而我，就屬於後者。

（三）細節

細節於人物，猶如心臟於生命。尤其在十九世紀的寫作中，人物若要長久乃至永久地活下去，那就需要一個又一個猶如有力跳動的心臟般的細節來支撐，讓這些心肝脾胃般的細節，生長在故事中的情節上和人物的命運中。細節對小說（不僅是人物）的重要性，在後面我們會專設一課去討論和述說，在這兒，多說就屬贅述了。

（四）心理

和細節一樣，我們會有專門的課堂來討論。

（五）烘托與比襯

這也沒有甚麼好講，對於人物塑造，再也沒有比各種烘托、比襯的方法更為簡單、直接的途道了。如自然環境對人物的烘托和比襯 —— 人在絕境中的生存，一定是環境愈絕望，人的意志力就顯得愈發尖銳和可貴。美國 18 世紀的小說《哦，拓荒者》和 19 世紀成就斐然的傑克·倫敦及他的著名小說《熱愛生命》和《海狼》等，簡直就是這方面的教科書。他們寫盡了環境的惡劣與殘酷，從而才更為鮮明地陪襯出了人對生命的愛和求生精神的永恆性。另一位傑克·倫敦的後來者，繼承者，美國女作家安妮·普魯，這位寫美國懷俄明地區的山脈、天空、土石、草原、溝壑和缺衣少食的冬季與人在殘酷中生存的粗礪、木訥、忠貞，「感情如颶過岩石的風，靈魂像霹靂在秋空中的閃電，而記憶則是掉落在塵道邊專為刻山而存的斑駁鐵

斧」的作家，幾乎把環境寫成了人，而把人，則寫成了懷俄明地區的環境，深得傑克·倫敦之筆法，把環境與人的比襯與烘托，寫到了他人難以企及的高度。李安的獲獎電影《斷背山》，就改編自她的小說《斷背山》。我們無論是看電影，還是看小說，關於人物與環境關係的比襯與烘托，都會一目了然至水清而無魚，甚麼都明明白白而透亮。

在《紅樓夢》第六回「賈寶玉初試雲雨情，劉姥姥一進榮國府」中，曹雪芹寫盡了劉姥姥的短視、好奇、粗俗與無知。劉姥姥見到姑娘們衣服錦繡的驚奇，見了餐盤銀具的驚愕，見了床鋪被褥豪華的木呆，等等等等，這兒既寫出了劉姥姥的鄉野無知和初進大觀園時的拘謹、膽怯、鼠目寸光之滑稽。同時又比襯、烘托出了大觀園生活的奢靡、壯麗和雅美。而在第二十八回「蔣玉菡情贈茜香羅，薛寶釵羞籠紅麝串」裏，大觀園裏的公子、小姐們雅興所至，開了一場飲酒賽詩會。這個賽詩會，是非常突出的寫作中人與人比襯、烘托的人物塑造場。賈寶玉，林黛玉，薛寶釵，襲人等，在前邊都有雅美情念之詩作，而到了這第二十五回，在這唱曲飲酒作詩的詩會上，薛寶釵的哥哥薛蟠和賈寶玉、蔣玉菡、馮紫英及雲兒等，各人作詩，比賽高低，那些詩和詩，人和人，詩和人，形成了各種比襯烘托的關係，尤其到了該要薛蟠對詩時，他吭吭哧哧，大膽而作，張口放言了那曲兒在《紅樓夢》中最無詩意、最為粗俗的「詩作」—— 同學們，恕我直言，也恕我如薛蟠一樣沒有文化和粗野。薛蟠的這一曲兒詩是：

女兒悲，嫁了個男人是烏龜，

女兒愁，繡房竄出個大馬猴；

女兒喜，洞房花燭朝慵起，

女兒樂，一根雞巴往裏戳。

薛蟠不僅作了這首曲兒詩，接着他還唱了兩句曲：

一個蚊子哼哼哼，

兩個蒼蠅嗡嗡嗡。

這所謂的曲兒詩和唱曲兒，在《紅樓夢》中不光鮮明地寫出了薛蟠這個人物與劉姥姥不一樣的粗和俗，更重要的，是它烘托出了其他公子小姐們的細膩與靜雅，高貴與超凡。《紅樓夢》中劉姥姥的出場和薛蟠的作詩，是人物和人物、人物和環境之間最為典型的烘托、比襯的例子，是通向人物最為常見也最為見其作家描寫與刻畫能力的途道。大家試想：在《紅樓夢》中，如果沒有王熙鳳、薛蟠、劉姥姥這一組相對說來粗、俗、野、狂的「硬」人物，又如何可以比襯出賈寶玉、林黛玉、薛寶釵、襲人、雲兒等這一組文弱、精細、雅美的「軟」人物呢？

··········•··········

三、無字路上的省略之塑造

以上的方法種種，都是被寫作教科書反復敘說的老生常談。一如嬰兒每天吃過的饃，都是被母親反復嚼過後又吐在了嬰兒的口中。而

這兒，我想試着給大家講一條大家可能較少看到過的通向人物的寫作之道 —— 或者說，讓我們共同一起，以《陪襯人》[25]和《我的第一隻鵝》[26]為例，從這兩篇小說尋找出一條被遮蔽的，幾乎是不存在的，通向人物的看不見的塑造之路。

《陪襯人》這篇左拉[27]的名作，直到今天留在我們頭腦中的不僅是左拉刻意塑造的杜朗多，他貪婪、狡猾，渾身都是商人銅臭的氣味。杜朗多，毫無疑問作為一個典型的人物，已經被讀者和論者將其畫像掛在了文學史中不朽的人物畫廊。但在這篇小說中，更被高高掛起的，卻不是杜朗多，而是無名無姓，在小說中不見言行的另外「一個人」—— 陪襯人。

《陪襯人》的故事並不複雜，無非就是杜朗多這個貪婪的商家，發現「美」可以變賣為金錢時，他反其道而行之，將醜轉化為美的裝飾和陪襯，以「質」論價。這個質，就是醜的程度和特殊性。杜朗多出租醜人，以時收款，從而將那些被選中的醜女人租給富貴女人為陪襯，使那些富貴女人顯出被視角比較出的美。而作為「陪襯人」出現在小說的醜女人，作為人物，她不是「這一個」，而是一輩和無數。在《陪襯人》這篇節奏快捷、構思奇特而又極具現實意義的小說中，幾乎沒有對具體的「陪襯人」的描述和刻寫，甚至作家對陪襯者的同

---

25 （法）左拉，《陪襯人》，《世界短篇小說經典》（法國卷），第 167 頁，張英倫譯。

26 （俄）伊薩克・巴別爾，《騎兵軍》，人民文學出版社，2004 年 9 月，第 30 頁，戴驄、王天兵譯。

27 左拉：法國十九世紀後期自然主義文學的領袖，代表作有包括了二十部長篇小說的《盧貢－馬卡爾家族》《金錢》等。

情都沒有在故事和文字中有真切具體的表露和敘述。「我不知道人們是否能理解陪襯人的境遇。她們有在大庭廣眾間強裝愉快的歡笑，她們也有在暗地裏悲傷涕泣的淚水。」這僅有的有不如無的粗略、簡短的文字，無非多餘地表明了作家的態度和善心，但不會給讀者留下任何「陪襯人」作為人物點滴的印記和勾勒。「陪襯人」，作為人物的存在，是在左拉的省略中——讀者自己用自己的頭腦完成的。而且，「陪襯人」這個典型的形象，給讀者留下的印記，比小說通篇着筆的杜朗多更為深刻、複雜和獨有的難忘。她醜陋、自卑、窮苦，及至木訥和無知，甚至有着無尊嚴的苟活。然而為了生存，她不得不去出賣自己的醜——出賣人之所以為人的尊嚴和靈魂。

從人物的角度說，「陪襯人」遠比杜朗多給讀者留下的印象更為深刻和讓讀者去回望、思念和思考。如果杜朗多在小說中是鮮明的人物，而陪襯人則是小說中更為隱含突出的人；如果杜朗多是被左拉濃筆漫畫的人，那麼，陪襯人，則是被作家有意虛設而讓讀者自己去工筆細描的人。其結果，就是了不得的左拉，把一個最典型的人物，隱含在小說的背後、文字的縫間，由讀者去尋找、描繪與塑造。

在不塑中塑造，在不着筆處着筆。在熱鬧、煩亂、荒誕的背後保留着巨大的同情與理解，讓所有熱鬧的文字，去展現不着一字的陪襯人這個羣體——無數中的「這一個」。這，就是《陪襯人》給我們開闢的面向人物的塑造之路——無路的路，無言的音，無墨的字和沒有詞語的敘述。與此有着異曲同工之妙的——讓我們把閱讀的視

力，注入巴別爾[28]的一個精短的小說《我的第一隻鵝》。之所以在《百年寫作十二講：閻連科的文學講堂》十九世紀卷中例用二十世紀的這個短篇，是因為這種在寫作的通向人物之路上，十九世紀的作家開闢的「看不見」的路，在二十世紀已經成為常道之法。而且，這種無路之路，無字之法，在巴別爾的小說中，更為清晰和明確 —— 省略的塑造，幾乎成為二十世紀對人物全新的理解與着力。

一個戴眼鏡的大學生，在蘇波前線加入騎兵軍的第一天，被師長反復嘲笑他的眼鏡 —— 這個書生的象徵物。之後，師長把他分配到了戰士們分住的當地人的院落，但院中的哥薩克們扔掉了他的行李，因瞧不起這位書生要趕他離開，於是，這位書生尋覺着朝那也戴眼鏡的女房東當胸打了一拳，並毫不眨眼地「哳嚓」折斷了房東家一隻鵝的頸，要求女房東去給他烤一烤鵝。於是，那些哥薩克們開始沉默，並有人說了句：「我看這小夥子還行。」直到最後，他們終於接納了他。

《我的第一隻鵝》，在這則短到近乎兩三千字的速寫一般 —— 注意，巴別爾本來也就是戰地記者 —— 的小說中，我們不僅要看他寫了甚麼，更要去這則故事中尋找他省略了甚麼。從人物的角度講，他省略了三個（組）人物最該細膩的反應、糾結、轉變的結果，主人翁 —— 我 —— 大學生跟着設營員到房東院落時，哥薩克們不僅扔了他的行李，還把屁股扭到他的面前粗野地放屁，但大學生在這兒的尷尬、羞辱，憤怒或者委屈，巴別爾都不着一字。而只讓他想到飢餓

---

28 巴別爾（1894–1940）：俄羅斯偉大的短篇小說家，代表作有《騎兵軍》和《敖德薩故事集》。

時，去對女房東說：「女掌櫃的，我要吃東西。」

第二個人物女房東，聽到大學生說要吃東西時，她不屑地嘲弄地回應：「一提吃的事兒，我寧願上吊。」接下來，小說寫了大學生為了「表現」自己如哥薩克們一樣粗野和魯莽，就給老太太當胸一拳，並狠歹無情地宰了房東家正在梳理羽毛的鵝，用馬刀撥弄着剛死的鵝道：「女掌櫃的，把這鵝給我烤一烤。」

注意，這兒巴別爾如寫大學生一樣，沒有寫女房東挨打後的反應：憤怒、委屈、無奈……這些最該有的人物反應全都不着一字，而是速寫了這麼幾十個字：

老婆子半瞎的眼睛和架在上邊的眼鏡閃着光，她拿起鵝，兜在圍裙裏，向廚房走去。

「我說同志，」她沉默一會兒，說，「我寧願上吊。」說罷，帶上門走了進去。[29]

人物一切的過程、思想、情感都在女房東出場說的「我寧願上吊」和退場上說的「我寧願上吊」的重複中省略和隱含。

在省略中隱含，是巴別爾面對故事和人物最高超的描述。千言萬語，不着一字，而使人物躍然紙上，使讀者久懷不忘。而在第三個人物 —— 不是一個，而是一羣的哥薩克們身上，他們排擠大學生，嘲弄、諷刺、趕他離開。當他們看到他也和他們一樣粗魯、無情時，從

---

29 同前，《騎兵軍》，第32頁。

「這小夥跟咱們還合得來」，到「六人睡在一起，擠在一團取暖，腿壓着腿」的接納，作家沒有寫哥薩克們對「我」的認識的轉變和彼此喝酒吃肉的狂放，而是寫了大學生給他們唸報紙的過程。

實在說，再也沒有哪篇小說，像《我的第一隻鵝》這樣，僅用不到三千字的篇幅，就寫了年輕的師長薩維茨基、大學生、設營員、女房東和哥薩克們這麼一輩鮮活不同的人物，而且個個都有行有貌，有外在，有內心，堪為用「省略」的不塑之塑的完美的範文典例。使得寫作在通向人物的路上，從《陪襯人》的「大略」，到巴別爾《我的第一隻鵝》的全文細略，給我們留下了一條極為清晰的，看不見卻存在的被省略的塑造之路。而這條路道，是作家面對人物時，更為豐富、有效，也更為見其現代性寫作功力之所在。

---------- ● ----------

四、三大師的人物比較說

在十九世紀的短篇大師中，無疑生於 1850 年的莫泊桑，1860 年的契訶夫和 1862 年的歐·亨利在我們今天的閱讀中，是無法繞過的三座短篇創造的峯巔。雖然，他們每個人，都僅僅活了 40 余歲（莫泊桑 43 歲，契訶夫 44 歲，歐·亨利 48 歲），但每個人在自己的創作生涯中，都給我們留下了大量的作品和不朽的經典。在短篇小說這一領域，這三位天才所留下的經典，直到今天我們都無法超越和閃躲（卡夫卡和博爾赫斯們除外）。回歸到十九世紀寫作的人物與故事領域內，比較這三位短篇大師在今天的影響、地位和寫作之差別，我們可

以清楚地感覺到：

歐·亨利的寫作，故事大於人物的存在。在歐·亨利的小說中，他給我們留下的是經典的「歐·亨利式」的故事，而非永恆存在的人物。《麥琪的禮物》《都市一族》《警察與讚美詩》《命運之路》《最後一片葉子》《酒吧裏的世界公民》等，都有着讓讀者過分喜愛難忘的情節，但其人物的音貌與靈魂，卻多是單一的、少變的、被作家在故事寫作之前設定的。人物為了故事的存在而存在，乃至是人物為故事的戲劇性到來而在故事中活着、言語和行動。甚至，人物僅僅是為了滿足故事而被寫作（非創造）。即便我們在閱讀之後，對人物產生極大的愛與同情心 —— 如《麥琪的禮物》中的夫妻，我們對他們的愛，皆因故事中的「意外」而帶來，而非他們對對方多麼了不得的情感而產生。《最後一片葉子》，那打動我們的是故事中的情節，而非人物內在的魂靈。以此盡覽歐·亨利對於後來者的寫作與影響，不凡就不凡在他的故事上最獨有的「故事法」，而非他對人、對人物和精神世界的探索和創造上。

與此同論，年長於歐·亨利卻幾乎是同時開始創作小說的法國作家莫泊桑，則是把人物與故事平衡得最好的人。在他的每一篇小說中，作家都把人物與故事放在同一個天平上，一端是故事的重量，一端是人物的分量。平衡、相等，是莫泊桑贏得讀者並成為不朽的短篇大師的基點。他決不在人物上慢待故事，更不會在故事間疏忽人物。《項鏈》（另譯為《首飾》）、《兩個朋友》《我的菇爾叔》《羊脂球》等

經典名篇中，無不是在故事與人物間最大限度地完成着二者的平衡：既不在「意料之外、情理之中」絲毫地弱減人物的複雜和人物情感的豐沛，又不對人物獨有的豐沛塑造中忽略故事在文學、讀者和論家中的地位 —— 尤其故事對讀者的意義。愈是意料內外中的故事的奇特，則愈是需要最為豐滿、豐沛的人物來化解故事的戲劇性與傳奇性，以此達到文學最高的境界 ——「真實」，而非戲劇性的高度。

在故事與人物間，莫泊桑堪為平衡之大師（短篇），但與小他十歲卻幾乎都在同年開始寫作的俄國作家契訶夫相論相說時，後者是一位更加天才的文學巨人，短篇大師。他的天才稟賦，不來自於莫泊桑那樣身後有着大作家左拉、福樓拜[30]的啟悟和導寫，而是有着俄羅斯大地給他帶來的，天然的對人的愛的理解與情懷。如果把契訶夫和莫泊桑放在文學的天平上比較與評說，莫泊桑是人物與故事均衡、平行、相等的不偏不倚的最好的中立人。那麼，契訶夫的偉大，恰恰就在於他打破了這種平衡，讓故事與人物相等的天平，發生了傾斜和重心的偏倚 —— 契訶夫這位不朽的作家，在他一生的寫作中，無論是戲劇還是小說，都更重視人 —— 人物的情感存在，而非人物與故事的平衡。在契訶夫的最好的短篇中，《一個小官吏之死》《變色龍》《萬卡》《草原》《跳來跳去的女人》《第六病室》《大學生》《套中人》等，這些小說無不着力在人和人的命運上，而非着力在故事的衝突和戲劇

---

30 福樓拜（1821–1880）：19 世紀法國作家，代表作為《包法利夫人》、《情感教育》等，是莫泊桑的寫作老師。

性的反轉上。而莫泊桑最好的名篇《項鏈》《兩個朋友》《我的茹爾叔》及《羊脂球》等之中，或多或少，人物和人物的命運，還無法擺脫對故事戲劇性的依賴。他最為著名的短篇《項鏈》《我的茹爾叔》和《兩個朋友》等，則尤其如此，如同歐·亨利的故事在法國的生根開花。

當然，在莫泊桑的小說中，他對人物俗世生活的包容、理解與愛，乃至對人物內心的刻寫與描摹，都非歐·亨利可以企及之。讓比較重新回到契訶夫的身上去，我們會發現契訶夫在寫作中，完全擺脫了作家對故事戲劇性的依賴。我們從他筆下的人物身上，看到的是他對人本身實在形象或抽象形象水乳交融的描述（如《變色龍》）和對小人物在偶發衝突中「人」的存在的不安。人物的命運，在契訶夫那兒取代了故事，而非故事在安排着人物的命運（如《項鏈》）。《一個小官吏之死》中的切爾維亞科夫，《變色龍》中的巡官奧蔑涅洛夫，《萬卡》中的男孩萬卡·茹科夫，《跳來跳去的女人》中的伊萬諾夫娜以及《大學生》中的大學生維里科波爾斯基和雙雙為寡的母與女等。他所關注的人物，幾乎都是俄羅斯大地上的小人物，哪怕如同《一個小官吏之死》和《變色龍》這樣的小說，帶着作家鮮明的諷刺和批判，也同樣還包含着作家的愛與同情在其中。正是契訶夫在筆下對人物執着的愛和對追求故事或多或少的淡遠與疏離，讓我們從他的小說中更多地讀出了超越莫泊桑的對人的理解的精神來。換言之，在契訶夫的小說中，有更多的精神的光芒和人的存在的光輝；而在莫泊桑的小說

中，則更多有人、人性與故事的平衡之藝術。具體說，如《羊脂球》那樣的充滿着對人性鮮明的愛恨的小說，在莫泊桑的小說中還是少了些，而對故事鍾情的篇目還是多了些。

以契訶夫和莫泊桑的人物為比較，前者與後者最大的不同，就是前者在寫作中更鍾情於人和人的命運，而後者對人和故事均衡的着力，分散了他對人的精神之光的專注和光源點。當然，把莫泊桑和歐·亨利放在一起比較時，我們會毫不猶豫地說，莫泊桑是偉大的，而歐·亨利是絕然不能忽略的。當然，回頭而道，即便文學在走過對人 —— 個體人更為關注的 20 世紀後，我們也不能忽略故事對文學的意義，如同我們 —— 作家、讀者與論家，都共同意識到人的意義在文學中往往大於故事的意義一樣。這也是我們今天對歐·亨利的喜愛之所在。

2016 年 1 月 10 日 於北京

第

三

講

細節
：
文學堅實而永恆的支點

細節：文學堅實而永恆的支點

同學們，今天上課，請允許我首先講一個故事：

在我小的時候，為了吃飽肚子，我每年假期都徒步幾十里到比我家更為山區的我的小姑家裏去，割牛草、拾柴禾、捉螃蟹。到了晚上，月明星稀，村莊寂靜，我便踏着空寂的月光，到我姑姑家同村的一個姓賈的牛把式家裏去剝玉米，聽故事。

這位姓賈的牛把式，不識字，但卻是講故事的大師。他從來沒有能力閱讀《三國演義》和《水滸傳》，卻把這兩部打打殺殺的故事書，講得承上啟下，起伏跌宕，如同故事就發生在他們村莊一樣。除了《三國演義》和《水滸傳》，我還特別愛聽他的不知是自己創作還是從他人那兒聽來的鬼故事。愛聽他講最為恐怖的鬼故事。

有一則恐怖之極的鬼故事是這樣的，請同學們壯起膽來，聽我把這則極為恐怖的故事講出來——

說某村莊的村頭，有一條四季不息的河流。這條河流因為水深湍急，村裏那些受了冤枉的男女，只要尋思自殺，都會到這裏投河。久而久之，這河裏就聚了很多受冤的鬼魂。他們因為冤枉，就都更加渴望脫離鬼界，重新回到人間來。這其中有個惡鬼，生前是位潑婦，母老虎，所以她做了鬼後，仍然是潑辣大膽，為別人所不能為、不敢為之能事。因為鬼要回到人間，返生一個鬼，就必須得有一個人死去。

無人死去，鬼就無法返生。因此，這些投河死去的男鬼女鬼、大鬼小鬼們，就都盼望着有人投河自殺。有人自殺，他們中間便有鬼可以投胎返生。於是，到了夏天，鬼們都坐在河邊、橋頭，等着村人和路過的人們到河裏洗澡游泳，然後，突然間把你拖進深水，活活淹死。這樣，他們中間便可以有鬼返回人世，投胎輪迴。

然而，這年夏天，偏偏沒有人投河自殺，也沒有人到河裏洗澡游泳。於是，鬼們急了，就都坐到岸上，以企路人到河邊喝水洗臉時，一把將路人推進水裏，活活淹死 —— 當然，這些鬼們最希望遇到的到河邊洗臉喝水的人是女生和男孩兒，因為他們 —— 你們 —— 人小無力，拖到水裏更容易一些。而那些壯漢和有力氣的婦女，鬼們沒有那麼大的力氣能把他們拖到水裏去。

鬼們返生，回到人世也是有規矩的。他們的規矩是，早死早託生，晚死晚輪迴；先來後到，有其次序。但遇到了大家共同努力把婦女、兒童拖進水裏淹死才得來的返生機會，那是哪個鬼出的力氣大，功勞大，那個鬼就先返生。說那個潑婦大膽鬼，她不想和這麼一堆鬼們去為了一個返生的機會爭爭吵吵，就決定獨自行動，提前返生。她的方法是，她不和其他鬼們一道坐在河邊，守株待兔，等有人來投河，等有人到河邊掬水洗臉了猛地把人家推進去。她 —— 這個大膽的潑婦鬼，是獨自坐在河面的橋中央，曬着暴烈的太陽，將雙腿雙腳，伸進嘩嘩流淌的河水之中，一面拿着一把扇子給自己扇風，又一面等自己也口乾舌燥了，就輕輕地揭下自己的頭殼，把自己的頭殼當

做半個葫蘆的瓢用，彎腰把瓢殼伸進河裏，舀出半頭殼血淋淋的河水，咕咕咕地仰頭倒進自己比頭殼小了一些的大嘴裏。

說這時，從河堤上來了一個彪形大漢，手裏拿了利刀繩子，像要下田割麥收麥。河邊的鬼們看來了一人，先是一喜，後見那人要到河邊洗臉喝水，更是喜上加喜，然而，鬼們正準備待他到河邊喝水一把將他推到、拖到河裏淹死時，那人卻在河邊站直身子對鬼們大喚到：「你們過來吧，我是專來捉鬼的。村裏的神巫告訴我，我能捉住一個鬼，我家的母豬就能生出一個豬仔兒；捉住兩個鬼，就生兩個豬仔兒；捉住十個牠就生十個。」

於是，那些鬼們聽後就紛紛逃走，撲通撲通跳進河裏了。

都想託生為人，誰想投胎為豬啊。

如此，那大漢哈哈一笑，就提刀拿繩，踏上了河橋。

注意，那個大膽的潑婦鬼，這時就坐在橋的中間等着他。而這時的潑婦鬼，轉眼成了一個賢淑溫柔的女子，一臉委屈，兩眼淚流，頭髮披在肩上，眉目秀在臉上，待漢子到了橋中間，女鬼溫柔地說：「大哥，天這麼熱，赤日炎炎，山路遙遠，你不坐下喝口水嗎？」

漢子看了看婦女說：「你是去年鄰村死的某某的潑辣媳婦吧？」

潑婦鬼看了看漢子道：「正是我。我實在是冤枉呀大哥。在村裏，在家裏，我賢淑溫和，孝敬公婆，可村裏人硬說我潑辣不孝，把我活活打死了。現在，我在這邊孤單寂寞，每天都想回到人世，讓人看看我有多麼好，多麼勤快和孝順。」

潑婦問：「大哥，你能把我帶回到人世那邊嗎？」

漢子說：「帶回到那邊託生為豬你會同意嗎？」

潑婦鬼想了一會兒：「同意，只要讓我活在人世裏，託生為啥兒都可以。」

他們就這麼說定了，開始在那河橋上商量一些投胎託生的細節。因為天熱，因為正當午時，烈日炎炎，萬里無雲，漢子不免果真有些口渴，想要喝水。這是潑婦鬼就說：「大哥，你扭過臉去，我下河給你舀一碗水喝。」漢子自恃膽大力大，並不在意潑婦鬼要做甚麼。也知道鬼們要回到自己的地界——陰間，並不想讓陽間的人看到自家回去的陰間之門。於是，也就把頭扭到了一邊。又於是，轉眼之間，身邊又響起了潑婦鬼輕柔的話音：「大哥，你回過頭來喝水吧。」這樣，漢子轉身接碗，明明看到潑婦在他面前，半遮羞面，端着一碗碧清的河水。可待他把那碗接到手裏時，再定睛一看，那碗裏的水，由血絲清水的混合，很快呈出粘稠血物的渾狀。再看面前那個託生為豬也好的賢淑村婦，可怕的不光是她的青面獠牙，還有她獠牙臉面後的血淋淋的，朝外流着血液的又大又圓、擎在脖頸上的血光黑洞，而且還從那血光紫亮的洞中，發出潑辣女人尖利、賢淑而痛苦的叫聲：

「大哥，疼死我了，你快喝呀。喝了把我的水碗還給我。」

「大哥，疼死我了，你快喝呀。喝了把我的水碗還給我。」

這時，大漢再低頭看他手裏的水碗，那哪兒是一個碗喲，而是女鬼血淋淋的頭蓋殼。而在那頭蓋殼的下邊，還密密地垂掛着那女鬼一

縷又一縷的長長的頭髮。就這樣，壯漢驚叫一聲，丟掉手裏的頭殼水碗，身子一歪，就掉進了橋下湍急的河水。

如此，這壯漢成了淹死鬼，而那大膽的潑婦鬼，又返生投胎到了人間。

同學們，這則故事沒有格林兄弟的《白雪公主》的詩意神奇，沒有《灰姑娘》柳暗花明後終成眷屬的美之溫馨，甚至連安徒生的《賣火柴的小女孩》的那一絲淒涼都沒有。但我之所以要講它，是因為這則故事給我了最早關於細節的意義。這則故事中細節的意義，不是我在聽故事時候獲得的，是我又把這則故事講給別人的時候獲得的。

莫言說他是「講故事的人」，其實世界上所有的作家都是講故事的人。都是癡迷於故事的人。愛講故事，是所有作家的天性。那時候，十幾歲，我總是把聽來的故事再賣弄地講給我的夥伴和同學們。於是，暑假過去了，學校開學了，我把聽來的這則鬼故事，反復地講給我的同學們、夥伴們。然而，問題出來了。我第一次聽這則故事時，聽得毛骨悚然，不敢回家 —— 回我的姑姑家。甚至大白天只要我一個在某個寂靜的地方，都會想起這則鬼故事，害怕得渾身哆嗦，會有雞皮疙瘩出現在胳膊上。可待我把這則故事再講給我的同學們時，我的那些同學們 —— 男同學聽了不僅不害怕，而且會嗤之以鼻地對我說：「瞎編！」那麼，那些女同學，聽了又會怎樣呢？她們一點都不怕 —— 不僅不怕，而且還會坦然地笑笑說這麼一句話：

「一聽就知道是假的。」

假的，當然就沒有那麼可怕了。

假的，自然就沒有力量可談了。這讓我非常沮喪。我不知道為甚麼那不識字的牛把式講出來的故事就和真的一樣栩栩如生，令人恐懼，讓人感到有種來自恐懼的真實和衝擊力。而到了我嘴裏，這故事就成了假的，就沒有力量了。

這讓我傷心。這種傷心在我心裏像池塘裏的雨水，整整又蓄存了一年而無處流淌和蕩漾，直到又一年的暑假，我再次到了深山區我的姑姑家。再次見到那位故事大師牛把式，待我終於和他單獨在一起時，我向他提出了這個疑問。他聽了我的疑問後，想了一會兒，說：「你是怎麼講的？你把那故事再細細緻緻給我講一遍。」

在四野無人的山坡上，田野裏，我又向他細細緻緻複述了他給我講的鬼故事。聽完後，他笑了笑，說：「你講得太粗了。你要細講那些鬼們在河邊等人來時的着急和看到有人到河邊洗臉的歡喜。比如說：他們等啊、等啊，總是不見有人到河裏自盡和洗澡，有個女鬼就拿頭去撞着橋柱子喚：『急死我啦！急死我啦！』她一撞一喚叫，可撞到第三下或者第五下時不撞了，為啥？她把她的額門撞碎撞裂了。額門上的碎骨頭像碎瓦片一樣掉到了橋柱下。比如說。那個潑辣鬼媳婦，把她的頭蓋骨從她的頭上揭下時，發出了嘶嘶啦啦的響聲來，像把井蓋從井上揭開一模樣。比如說，那頭蓋骨不光血淋淋地流着血，而且那頭蓋骨的血水碗裏還有一條從河裏撈出來的小魚兒。小魚兒在那頭蓋碗裏游來游去，有時還會從那血骨碗裏跳起來。比如說，不光那頭

蓋碗裏有着血水有着小魚兒，而且那頭蓋碗的頭皮上，那鬼媳婦的頭髮又長又密，一縷縷都從半空垂到橋面上。而且在那又長又密的頭髮裏，還有很多鬼媳婦的虱子、蟣子在她的頭髮上，爬上爬下，在她的頭髮縫裏，鑽來鑽去。

「你就這麼說，聽的人就信是真的了。」

「你就這麼說，聽的人就都害怕了。」

果不其然，我如法炮製。再給我的那些男生女生同學們講這個故事時，他們聽得毛骨悚然，驚呼亂叫，有女生的臉上不僅嚇出一層冰冷的汗，她們還一邊威脅我說：「閻連科，你再給我們講這樣的故事，我們這輩子都不和你玩，不和你說話！」另一邊，下次她們見了我，又笑着求我說：「閻連科，你再講一個故事吧。別講那麼可怕的。」

其實，她們是在等我講一些更為可怕的鬼故事。

────── ● ──────

現在，讓我們來總結一下，我的那些少年同學們，兩番聽了這同一則的鬼故事，為甚麼會有兩種完全不同的反應和態度？第一次，他們聽不完就棄我而去，說我是「胡編。瞎扯。全都是假的。」第二次，他們聽了我講這一模一樣的故事後，恐懼，驚怕，還請求我以後再給他們多講這樣的鬼故事。變化的原因在哪兒？除了時間、地點、環境和講故事的語氣、節奏變化外，最重要的，是我按照那位不識字的故事大師的要求，在故事中加了很多真實、細膩的細節。比如鬼等不到來投河自殺的人，果然拿頭去撞橋墩子，「砰砰砰地響，就把鬼們的

額門撞碎了。額門骨的碎片和瓦片一樣落在河邊的沙地上。」因為，那鬼都已經離開人世多年了，埋在地下，額門的骨頭都漚得腐脆腐爛了，所以稍一碰自然也就碎裂、碎落了。我說，「潑婦鬼媳婦活着又懶、又饞、又髒，十天半月都不洗一次頭，頭皮上的虱子多得和一窩螞蟻一樣，大得如一片黑豆一樣。因為惡，她被村人打死時，也沒人幫她淨身洗頭，所以，那些虱子都還活在她頭上。所以，彪形大漢看見他手裏的水碗是那潑婦鬼的頭蓋時，她的頭髮如藤蔓一樣，一縷一縷，又黑又長，而那越來越大的虱子羣，就像爬在藤蔓上的七星瓢蟲樣，一羣一羣，在橋上午時的陽光下，發出星星點點五彩的光。因為那鬼的頭上虱子多，有的在頭髮上爬着會被別的虱子擠得掉下來，落在獨木橋的柳木木板上，響出揚場時麥粒從半空落在麥場上的啪啦啪啦聲。」

除此外，我還詳細地說了（如描寫一般）頭殼碗內那條從河裏舀進頭殼裏的小魚兒。

正是這一些細節，我的那些少年同學們，不再說我的故事「胡扯、虛假」了。正是這些細節，給故事增加了真實、恐怖的力量。現在，從這則鬼故事中，我們對於寫作中的細節，可以總結出以下幾點：

一、細節，對故事而言，它是使故事真實的墩基。無論多麼懸空、虛幻的故事，只要有足夠扎實的細節，那些故事都會變得「真實」，合乎生活與想像的邏輯，如同列車總是跑在大地上一樣。

二、細節，對人物而言，它使人物可觸、可感、豐滿，是人物鮮活靈現的血肉，使人物在故事中活着的生命與呼吸。

三、細節，對思想而言，一個會思考的細節，遠勝於十個哲學家和演說家在文學中的一百場滔滔不絕的爭辯和演說。

四、細節，對於人物情緒、自然環境等一切小說元素無言的助援，就如同橋墩對於橋面鼎力而又默默的支持。沒有橋墩橋柱的存在，我們說「巍峨的大橋屹立在碧藍的天空」[31]，就如同說一個偉人放了一個響屁，把火箭送上了月球。

細節，是小說終於變成了可以講述、也可以閱讀的實在。只有細節，才讓小說中的一切，都變得具體、鮮活、有了生命真實的意義。否則，沒有細節的小說，就是一片飄浮而無法觸摸的文字的浮雲。是一個站立在田野供鳥兒欣賞的稻草人。有了一個又一個合適可體、足夠扎實的細節，小說就成了坐落在大地上的建築，生長在田野上的稼禾，蒼翠在山野的林木。換句話說，我們寫小說，講故事，哪怕是寫一篇小極了的隨筆散文，沒有細節的存在，這篇小文就是飄搖在天空永不着地的一根無意義的羽毛；而有了合適的細節，那根羽毛，可能就成了高飛的翅膀。

有句討論語言的話是，語言就是文學的本身。這句話現在也可以這樣去說：

細節，才是文學的本質。

---

31 出自早期內地語文課本上的課文《南京長江大橋》一文。

蘇無精打采地拉開了窗簾。

可是，看哪！經過漫長秋夜的疾風勁雨的蹂躪，竟然還有一片常春藤樹葉掛在牆上。那是最後一片常春藤的樹葉，葉柄附近呈暗綠色，但那鋸齒形的邊緣已經爬上了枯萎和凋謝的黃色，儘管如此，它依然在離地面二十英尺的高處勇敢地掛在樹枝上。[32]

這是歐·亨利那篇著名的小說《最後一片葉子》中永不枯萎的細節。熱愛插圖藝術的青年女畫家蘇，因肺炎而生命將止。她精神萎靡，認定只要窗外牆上的最後幾片常春藤的葉子落盡，她的生命就將隨之而去。可那常春藤上的最後一片葉子，終於熬過酷冬，堅韌地沒有落下。而當蘇重新病情好轉活了下來時，她的同室女畫家約翰西告訴她，那最後的一片綠葉，是住在同一棟樓下的畫家老貝爾在將死之前，畫在牆上的最後的傑作。

這片最後的葉子，作為細節出現在小說的中間，它成了故事從此岸到彼岸的橋樑，推動着故事在節奏中叮噹前行。而當這片葉子，出現在故事的結尾，它成為故事最後的方向和目標，牽引着故事朝既定的目的地發展。而當這個細節的秘密，被豁然打開，故事也就到此戛然而止。

在這兒，細節成了故事發展的助推器和目的地。沒有細節的存在，就沒有故事的構成。於是，關於細節與故事，我們可以說，若故

---

32 同前，《歐·亨利文集》第一卷，第 314 頁。

事是一台完整的機器，細節就是那機器上最為重要的，一個又一個的螺絲釘。若故事是一輛行走的馬車，細節就決然不是車上的貨物，而是拉着馬車行走的馬匹。若故事是一列奔馳的火車，那麼細節，則是那火車上的驅動力，是蒸汽機中一鍬一鍬被送入火爐的最有燃燒力的焦煤。

> 突然，他（伊萬……德米特里奇·切爾維亞科夫）緊皺眉頭，眯縫起雙眼，屏住呼吸……他雙眼離開望遠鏡，彎下腰……「啊嚏！」

> 你看，他打了噴嚏。不管是誰，也不管是甚麼地方，打噴嚏總歸是不犯禁的。鄉下人固然打噴嚏，大城市的警察長，甚至樞密顧問官有噴嚏也是要打的。大家都打噴嚏，切爾維亞科夫處之坦然。他拿手帕擦了擦臉，照有禮貌人那樣向四周環顧了一下，看攪擾了別人沒有。這一看不要緊，馬上窘住了。他看見坐在他前面第一排的一個小老頭正在一個勁兒擦自己的禿頂和脖子，嘴裏還嘟噥着甚麼。切爾維亞科夫認出那個小老頭是勃里茲查洛夫，在交通部任職的一位文職將軍。[33]

在《一個小官史之死》那篇短極的小說裏，我們把它稱為「一篇故事」，是對契訶夫的不尊和不解。那是「人的一種命運的存在」。如前所述，在十九世紀的短篇大師中，契訶夫打破了人物與故事並行的平衡，率先把作家的注意力自始至終地傾注在了「人」的身上。讓所有的故事，都成為了人的存在與人的命運。就是連早期這些略有粗簡

33《契訶夫短篇小說選》，湖南文藝出版社，1994年12月，周栢冬、張沈愚譯，第7頁。

的短篇中，他都深明細節之於人和人物命運的意義。這篇可供後人反復咀嚼、借鑒的《一個小官吏之死》，全部的立足，就是這個關於「噴嚏」這個細節。無意間的一個噴嚏，構成了人物命運（取代故事的命運）的全部，開始→經過→結束。是小說的結束，也是人和人物生命的結束。

就小說而言，再也沒有哪個文學作品的細節如切爾維亞科夫的噴嚏一樣微不足道，而又重要至極了。它在小說中不僅是一個生命，簡直是撬動人的生命的一個支點。這個支點，這個細節，對人物簡直就是掉在牛頓鼻尖上的那顆蘋果。人物的性格、人生經歷、社會地位，乃至於他的家庭背景、成長過程以及他在單位的工作狀況，都在這一個細節 —— 噴嚏中打了出來。甚至於這個噴嚏的細節，還打出了契訶夫的寫作風格和人生態度及他對官僚體制的認知。還有，《高老頭》中高老頭最後在臨死之前因為害怕浪費煤油而要求吹熄的那盞燈。《杜十娘怒沉百寶箱》中，杜十娘扔進江裏的那個百寶箱。凡此種種，所有文學中不朽的人物，都有超乎想像並最為恰切、有力和不朽的細節所支撐。所以說，細節於人物而言，細節才是人物真正的呼吸，是人物的生命，是人物活着的心臟。

在這兒，關於小說的人物，我們可以很明確地說出一句話，如果說人物成為十九世紀寫作的最終標靶時，那麼細節則是盛開在那射擊標靶上的環花。當人物是文學林地中成敗得失最重要的樹木時，而細節則是那最高大樹木中最為重要的根鬚。甚至說，一部短篇小說的成

敗，往往僅在於一個、幾個細節的使用，這如同你要撬動腳下地球，其實僅僅在於你對你腳下那個支點的尋找和架設。而一個作家的功夫，也往往體現在你對那些細節的尋找、把握和感受力上，在你把握的能力和對細節的想像、使用上。

除卻細節與人物的關係，如果我們要尋找細節於環境的聯繫，可以隨手去翻翻托爾斯泰的《戰爭與和平》和屠格涅夫的《獵人筆記》，前者關於戰爭的殘酷，戰場環境下的細節，多如戈壁灘上的沙粒。後者關於大自然的奇妙，細節多如深秋落在地上的黃葉，一片一片，一層一層。這一點，我們在後邊關於寫作中的環境一講裏，會有專門的例舉與分析。而這兒，我想和大家一塊討論的是，還有一種小說，沒有人物，沒有故事，只有一些心理和情緒。我稱其為「心緒小說」[34]。心緒小說，在 20 世紀相當普遍，如同 20 世紀一種嫁接果園的大年豐收。但在十九世紀，在偉大的作家那兒，已經為這種小說，埋下了飽滿的種子。這種小說，不是說真的沒有人物，沒有故事，而是說，它不再以人物、故事為己任。而寫作的全部努力，是在一些事情（事件）與人物的情緒上。或說建立在人物情緒的事情上。那麼，這類小說，它還有細節存在嗎？有。不僅有，而且是真正有情感、會思考的細節。這樣的細節的到來，幾乎不是生活經驗的恩賜，而是天才、天賦在一瞬間聽懂了上帝的喃喃之語，得到了上帝從他手縫中漏出的饋

---

34 「心緒小說」，見筆者 2013 年《北京青年報》之《「事緒」與「心緒」》一文。意思是指那些放棄故事而只注重人物情感、情緒的一種小說寫作。

贈。甚至，連天才自己，都沒有意識到，那個細節是從上帝的手縫中漏給他的珍珠金粒。他以為，那也就是普通的一粒黃沙，一掬黃土，一片冬林中普通的葉子和枯枝。因為，真正的天才，是不知道自己是天才的。只是我們後人無法企及時，才發現他們是天才。

仍然以天才契訶夫的短篇小說為例。《大學生》那篇既無故事、又無情節，更不以塑造人物為己任的寫作，充滿着情感、情緒和遼遠的愛，及作家不言而言的深思。這也正是我們「眾裏尋它千百度」的心緒小說的偉大經典。在這篇我們確真無法找到鮮明之細節的小說裏，卻不露痕跡地鑲嵌着如隨意散落在文中的一個（一些）了不得的，不為人物和故事而存在的充滿情感意味的細節 —— 篝火。

> 菜園之所以稱作寡婦園，是因為其管理者是兩個寡婦，一母一女。篝火燒得正旺，劈啪作響，遠遠地把四圍的秋耕地照得通明。寡婦華西麗莎是個又高又胖的老太婆，穿一件半截的農用羊皮襖，站在篝火旁若有所思地望着火光；她的女兒魯凱麗婭，身材矮小，臉上有麻子，一臉傻氣地坐在地上，洗刷大鍋和小勺。顯然，她們剛剛吃完晚飯。傳來了男人的說話聲；是這裏的農工們在河邊飲馬。
>
> 「您可是把冬天送走啦，」大學生走到篝火眼前說，「您好哇！」[35]

大學生 —— 這位教堂執事的兒子，在禁食節中，因為家裏沒有燒飯而飢餓難耐，父母又貧病交加，他在孤寂中走來，看見了菜園，

35　同前，《契訶夫短篇小說選》，第283頁。

看見了命運多舛的都為寡婦的一對母女。在那堆篝火旁，一個臉上若有所思，一個在那兒洗刷着大鍋小勺。這是一個再平常不過的場景，日常不過的日常。可是大學生因為寒冷，朝着篝火走來了。這堆篝火，讓他想起了《聖經》中耶穌受難那一夜，在一樣的寒冷中使徒彼得也是這樣圍着篝火取暖。於是，大學生和這對母女，也就圍着篝火隨意地講了耶穌讓彼得在園子裏的這一夜，雞叫之前，要說三次「你不認識我」的故事，而這則聖經故事講完後──

　　大學生歎一口氣，陷入沉思。華西麗莎依然微笑着，卻忽地嗚咽起來，那豆大的淚珠兒順着面頰縱橫流淌，她用袖子遮住臉避開火光，仿佛羞於自己的眼淚；而魯凱麗婭則一動不動地凝望着大學生，臉漲得通紅，那表情變得嚴肅、沉重，就像一個病人強忍着劇痛。

　　農民工從河邊回來了，其中一個騎在馬上，越走越近了，篝火的光在他臉上閃爍。大學生向兩寡婦道過夜安後，便走掉了。[36]

　　小說中的「事情」（不是故事）就是這樣。在這些隨風而起或隨風而落的事情（情緒）中，篝火是三個人物聚在一起的中心，是此篝火與十二福音書中的彼篝火連結的兩個點。是整篇小說中最有象徵、最合思考，又最被忽略的「事情」的細節。是的，我們首先要明白這篇在契訶夫小說中最獨一無二、也最具文學價值，又較少被人談論的小說，它不是寫人物，也不是寫故事，它僅僅是寫了「事情」和「情

36　同前，第284–285頁。

緒」。是最典型的事情加情緒的心緒小說。而當我們把這篇《大學生》放在十九世紀的寫作中，必須認定它是一篇小說時，「心緒小說」也就產生了。而這堆篝火，就成了「心緒小說」隱含而光亮的細節。它是通篇小說寒冷中的一個暖點，是黑暗中的一粒光源，是現實與神秘、今日與久遠連接的兩個端點。就是人物的情緒在沉沉疼痛的變化中，篝火作為細節也在起着支點的作用。「他（大學生走後）回頭看看。孤寂的火光在暗夜裏靜靜地閃爍，篝火周圍已不見人影⋯⋯驀地他由衷地感到喜悅，甚至停下腳步喘了口氣兒。他想：往昔與現實聯繫着。那一個互為因果的事件環環相扣，層出不窮。他似乎感到，适才他看了那環節的兩端：只要碰碰這一端，另一端便立即抖動。」[37]

　　小說完了。契訶夫在這兒說的「兩端」，落實到文字上的敘述，正是「這邊」大學生和母女雙寡圍着的篝火；而「那邊」，耶穌受到審訊，僕人和差役及彼得等，也都在圍着篝火。至此，篝火已經不再是小說中的篝火，而是這種小說的支點 —— 連接點 —— 作為人物、故事與以外的「事情」的支點與連接點的細節在呈現。

　　於是，我們發現，在故事、人物、環境以外，這種「心緒小說」的新細節。它不為人物服務，不為故事推進着力，也不為特殊環境而比襯和烘托。只為「心緒」作「支點」。為情感變化、為魂靈存在和深遠的思考落地而支撐。正如這《大學生》中的「篝火」一樣，《阿Q正傳》中，阿Q在臨死之前，要把供狀上的圓圈，用力畫得又圓又

---

37 同前，第 285 頁。

好看，這樣的細節，更讓我們想到小說該怎樣去寫，細節讓我們怎樣去思考。

————— ● —————

最後，需要說明的是，把小說中的細節，簡單、武斷地分開理解為這個細節是為了人物，那個細節是為了故事；這類細節是為環境，那類細節是為了事情、事件和情緒，這是鮮明、拙笨的錯誤。一如我們不能否認《最後一片葉子》中那最後的一片葉子，雖然那來自細節的大多的金幣，都交給了故事去揮霍，但那個細節，卻也是人物情感的千絲與萬縷。一如《一個小官吏之死》中的噴嚏，是人物命運和事件的全部支點，也是人物命運與故事的開始與根源。實質上，文學中最好的細節，應該是同時與人物、環境、情緒、事件都密不可分、勾連不斷，同時是 A，又同時是 B，以為是 A，其實是 B，發現是 B，又感覺為 C 而存在的細節。這樣的細節，是不朽的細節。每一個作家都會為找到了這種細節而瘋狂，為沒有找到而苦惱和沮喪。也因此，才要繼續寫作和尋找。

因為，這樣的細節，不是上帝指縫中無意的漏粒，而是上帝開恩後雙手捧來的給寫作者明確的贈物。

2016 年 1 月 14 日 於北京

第

四

講

語言
：
別把羽毛從鳥兒身上拔下來

語言：別把羽毛從鳥兒身上拔下來

一樁無奈的事情到來了。

我們討論文學，當然不能不討論其最為重要之元素：語言。自古至今，凡被稱為文學的，都首先是其「語言」與「說話」的不同。凡被我們稱其為文學性的東西，都是首先從語言開始的。《伊利亞特》被荷馬最早吟唱出來時，並不是荷馬給古希臘人講了一個他們聞所未聞的故事，關於特洛伊，關於神居的奧林匹斯山，關於萬能暴躁的宙斯和各懷心思的阿波羅和雅典娜，還有人的代表赫克托爾、阿伽門農和阿基琉斯們，以及引發那場人與人、人與神、神與人的長達十年之久的混亂戰爭的絕美女人海倫等，他們的故事，早已流傳在古希臘人的身邊和嘴邊。但當荷馬重新把這些故事講出來的時候，這些故事就不再一樣了 —— 不是故事不再一樣了，是傳播、傳遞故事的語言和方式不再一樣了。

荷馬是用詩的方式把那些故事吟唱出來的，不是古希臘人在狩獵場和捕魚的海上及收禾的田頭或橄欖樹下採摘時候順口說將出來的。荷馬把詩注入到那些故事裏邊了。或者說，荷馬從那些故事中挖掘出了詩。於是，文學產生了。文學語言也隨之應運而生了。

可以說，文學孕育了文學的語言；也可以說，是文學語言孕育了文學和文學性。

《山海經》中的任何一個故事，都必須用語言才能講出來。然而，當我們要講時，文學語言也便產生了。翻轉過來，因為有了文學的語言，也才有了我們今天所知的《山海經》《水滸傳》《西遊記》《三國演義》和《聊齋》等，都是因為先有了那些故事才有了今天我們看到的這些傳統的文學經典。倘若沒有那些流傳在民間的故事們，也許就沒有這傳統經典了。然而，倘若沒有文學語言的存在，我們又怎能看到這些故事、這些經典呢？

所以，當我們討論文學的語言時，最不該犯的錯誤，就是把語言和文學的整體分開來。無論一隻多麼美麗的鳥，牠的美一定首先來自羽毛的美。鳳凰、孔雀、黃鸝等，我們之所以喜愛牠們，是因為牠們的羽毛與眾不同，美輪美奐。我們對麻雀、烏鴉是沒有那麼喜愛的。為甚麼？因為牠們的羽毛太普通，鳥的數量又那麼多，那麼的普及和遍佈。回到我們說的文學語言上。可不可以把文學比為一隻美麗的鳥，而語言則是鳥的美麗羽毛呢？然，當語言成為鳥美麗的羽毛時，我們切切需要謹記的，就是無論多麼美麗的羽毛，離開鳥體都是無法產生的，無法獨立存在的。是鳥體產生並滋養着羽毛；也是羽毛滋養呈現着鳥的美麗的生命與存在。所以，任何討論文學語言的文章，把語言和文學的整體剝離開來，或者，把語言凌駕於文學的整體之上，顯然都是一種幼稚的錯誤。

在通常情況下，討論文學的語言，有以下幾種觀點和說法：一、語言是講述的工具。這是一種工具說；二、語言是文學之本身。即：

文學就是語言，語言就是文學。三、語言是一種思維。文學之語言，即文學之思維。

現在，我們擺脫語言學、修辭學的抽象與高深，甚至擺脫關於語言的文學理論，回到寫作的實踐，回到文本之本身，完全從文本的角度，試着來分辨一下這各有其理的說法的意義和無意義。我不知道關於語言這各種說法最早的源頭在哪兒，但大體說來，就是這樣幾種說法吧。

第一，工具說。語言到底是不是敘述的工具呢？是。也不是。說語言確實是敘述的工具，是可以舉出許多例子的。大仲馬的《基督山伯爵》《三個火槍手》，克里斯蒂的《東方快車上的謀殺案》《尼羅河上的慘案》，以及史蒂芬·金和丹·布朗的小說《閃靈》《肖申克的救贖》和《達芬奇密碼》《失落的秘符》等，還有瑞典已故作家史迪格·拉森的「女孩三部曲」，日本推理小說家東野圭吾的一系列作品。中國這樣的作家如金庸等。我們這樣把這些作家和作品排列在一起，絲毫沒有尊敬與不尊敬的道德覺悟。而只是說，有一類小說，當你閱讀它的時候，你已經忘記了語言的存在。忘記了文學的存在。你完全沉浸在小說的故事、情節、懸念、推理、恐怖和懸疑中間。你不去思考任何語言的存在和意義。你只被小說中故事、人物和事件的魚餌所吸引，想要揭開各種謎底大白於天下。

年輕的時候，我剛當兵入伍，讀了亞瑟·柯南道爾的《福爾摩斯探案集》和阿加莎·克里斯蒂的《東方快車上的謀殺案》，曾經徹夜

不眠，念念不忘，白天到軍營外的射擊場打靶訓練，會自己在黃河故道的沙地上，有意地走出各種各樣的腳印：穿鞋的，不穿鞋的，快跑的，慢走的，用力跺腳在沙地的和輕輕落下讓腳印淺些再淺一些的。甚至，會把自己的雙手套在兩隻鞋子裏，輕輕、輕輕讓那鞋子從黃河故道的沙灘上「飄」過去，留下兩行似有似無、雁過無痕，只把羽毛落下的痕跡留下來的腳印。然後我就想，如果我殺過一個人，柯南道爾和克里斯蒂這一男一女到這兒，會編出怎樣的兇殺和偵破的故事呢？甚至我還想，英國是怎樣一個國家啊？總是產生這樣的作家，是不是他們那兒每一棟的別墅裏都藏有一起、幾起兇殺案？

所以，直到今天，每次到歐洲，只要住進鄉間別墅，我都緊張和不安，懷疑它們每一棟別墅裏都有兇殺案。

言歸正傳。亞瑟·柯南道爾和克里斯蒂的小說，給我留下了深刻的印象，但我沒有記住他們敘述中的一句話、一個字和一個詞。就是在閱讀的過程中，也沒有想到那敘述中的哪個字、哪個詞使用得奇妙而難忘，更不會因為哪一段話兒寫得好，而用筆在那話下劃出一條、一條線兒來。與此在同一時間內，我還讀了俄羅斯作家屠格涅夫的《獵人筆記》和《處女地》。尤其在讀《獵人筆記》中的《木木》和《白淨草原》那些短篇時，我幾乎沒有記住小說中的任何情節和故事，只有模糊的人物形象和清晰得想要背下來的句子和段落。如《白淨草原》那個短篇，它從一開篇，就放棄着人物和情節，讓人對大自然的感受依附着語言準確、細膩而又層次多變地鋪展開來：

　　這是七月裏的晴明的一天，只有天氣穩定的時候才能有這樣的日子。從清早起天色就明朗；朝霞不像火一樣燃燒，而散佈着柔和的紅暈。太陽 ── 不像炎熱的旱天那樣火辣辣的，不像暴風雨前那樣暗紅色的，卻顯得明淨清澈，燦爛可愛 ── 從一片狹長的雲底下寧靜地浮出來，發出清爽的光輝，沉浸在淡紫色的雲霧中。舒展着的白雲上面的細邊，發出像小蛇一般的閃光，這光彩好象煉過的銀子⋯⋯但是忽然又迸出動搖不定的光線 ── 於是愉快地、莊嚴地、飛也似地升起那雄偉的發光體來。到了正午時候，往往出現許多有柔軟的白邊的、金灰色的、圓而高的雲塊。這些雲塊好像許多島嶼，散佈在無邊地氾濫的河流中，周圍環繞着純青色的、極其清澈的支流，它們停留在原地，差不多一動也不動；在遠處靠近天際的地方，這些雲塊互相移近，緊挨在一起，它們中間的青天已經看不見了；但是它們本身也象天空一樣是蔚藍色的，因為它們都浸透了光和熱。天邊的顏色是朦朧的、淡紫色的，整整一天都沒有發生變化，而且四周圍都是一樣的；沒有一個地方暗沉沉，沒有一個地方醞釀着雷雨；只是有的地方掛着淺藍色的帶子：這便是正在灑着不易看出的細雨。傍晚，這些雲塊消失了；其中最後一批像煙氣一樣游移不定而略帶黑色的雲塊，映着落日形成了玫瑰色的團塊；在太陽像升起時一樣寧靜地落下去的地方，鮮紅色的光輝短暫地照臨着漸漸昏黑的大地，太白星像有人小心地擎着走的蠟燭一般悄悄地閃爍着出現在這上面。在這些日子，一切色彩都柔和起來，明淨而並不鮮艷；一切都帶着一種動人的溫柔感。在這些日子，天氣有時熱得厲害，有時田野的斜坡上甚至悶熱；但是風把鬱積的熱氣吹

散，趕走，旋風——是天氣穩定不變的確實的徵候——形成高高的白色
柱子，沿着道路，穿過耕地遊移着。在乾燥而清淨的空氣中，散佈着苦
艾、割了的黑麥和蕎麥的氣味；甚至在入夜以前一小時還感覺不到一點濕
氣。這種天氣是農人割麥所盼望的天氣。……[38]

　　請大家原諒我，在這兒引用屠格涅夫這位偉大的作家這麼長的一
段話，是因為我第一次讀到這一長段的自然描寫時，那其中的震驚，
完全不亞於柯南道爾通過一個腳印、一串無用的鑰匙和扔在地上的一
個煙頭的牌子、長短及彈掉在地上煙灰的多少和煙灰散落的形狀來判
定死者或兇手的身份、地位、生活習慣乃至於他的性格。在當時，我
以為那是屠格涅夫描寫的大自然的風光在吸引我。我把這段話用紅筆
劃下來，並抄在我 21 歲的筆記本上。但是後來，當我把《獵人筆記》
讀完時，發現那不能忘的不是屠格涅夫描寫的風光，而是他描寫這風
光的語言。

　　因為，我出生在中國北方的農村，關於大自然中的森林、河流、
田野、陽光、雲朵、野獸、鳥雀等，這些在我的生活中一點都不少，
而我少的是把這些寫出來的語言。對自然的感受，愛、恨、悲喜交加
與純粹的欣賞，我樣樣不缺，可我缺的是把它寫出來的能力——語
言的表達。《白淨草原》那篇小說，我至少讀過三遍以上，至今讀來，
仍為屠格涅夫能用語言表達他對大自然感受的能力感佩不已。

---

38 《世界短篇小說經典》（俄蘇卷），豐子愷譯，第 94–95 頁。

　　至今我都以為，面對大自然時，屠格涅夫是那時俄羅斯文學中無二的語言大師。

　　現在的一個問題到來了。我們讀《尼羅河上的慘案》《東方快車上的謀殺案》《福爾摩斯探案集》等小說時，我們忘記的是它的語言，而吸引並讓我們的記住的，是它的故事、情節、場景以及懸疑的誘餌和謎與謎的連環。而讀另外一種小說，如《獵人筆記》和契訶夫的《草原》以及福樓拜的《包法利夫人》等，卻常常會完全被文字（語言）所吸引。這就出現我說的第二個問題：語言並非敘述的工具，語言是語言之本身。換言之，語言不為敘述而存在，語言只為語言本身的生命而活着。而敘述，只是語言生命的載體。正如前類的小說，敘述的過程只是那些故事、驚悚、吸引力和謎串謎的載體，而語言，又只是這種敘述的工具。但後者的小說，語言本身已經成為我們欣賞、愉悅的滋養，而不僅僅是人物、情節與思想。語言在這些小說中不再是工具，而是語言之本身，是文學之本身。現在，我們可以用最簡單而略帶粗野、武斷，甚至不那麼十分精確的方法來判斷兩類小說的價值：一是你在閱讀中忘記了語言的存在，雖然你還在不停地閱讀小說。而另一類小說，它在你的閱讀中，時時提醒你語言的生命和存在，甚至你就是為了那些語言而閱讀。而且，承載着這種語言的小說，不僅在你閱讀時存在，而在閱讀後還久久存在於你的記憶和回想中，因此你不得不一遍又一遍地去重讀和思考。哪一種小說更有價值和偉大？語言在這兒其實成了主要元素和試金石。

　　當然，在這兒，語言不是敘述的工具，而成為第二個問題的語言之本身、文學之本身時，又有一種偏見出現了。長期以來，文學史和那些教文學的教授們，以及最為致力、癡迷小說語言的作家們，都有一種千古不變、攻守同盟的理論，即：小說是語言的藝術。難道小說（某一類）真的僅僅是語言的藝術嗎？那麼它不是人物的藝術？不是故事、情節與細節的藝術？不是結構、敘述、聲音的藝術？不是情感、思考和人性與人類生存困境的描述、揭示和展現的藝術嗎？毫無疑問，一個偉大的作家，不會把他的偉大僅僅建立在小說的語言上。儘管我們在創作一部小說時，你對小說的一切理解，都必須通過語言去展示和實現，但當語言出現在你的筆端時，語言不會無所憑依而到來。這也正如一片雲的到來，它必須藉助風流、氣壓和日光等才能向你展示它的來到和美麗。如孔雀開屏向你展示牠羽毛的炫目美麗時，是需要藉助那個不夠雅觀的孔雀屁股的。但我們不能因為那個不夠雅觀的孔雀肢體的部位就忽略它存在的意義。這是偏見的，有失公允的。對一個成熟的作家而言，當你的公允力只停留在語言上時，你的幼稚就已經變得根深蒂固、偏執到無可救藥和無法校正了。

　　語言無法脫離敘述而存在，而敘述沒有物事與心緒，這就像人要行走而雙腳又不願落入塵埃和大地上。所以，當把小說藝術上升為小說就是語言的藝術時，其實，就等於說一棵樹的美，就看它的葉子、花卉美不美。或看它枝葉、蓬冠美不美。看一個人的深度與厚度，而把目光停在他的衣着、皮膚、秀髮和儀表上，而沒有更深的跟進與追

究。我們忘了在希臘的眾神中，英雄安泰力大無比，可他一旦雙腳離開大地，就手無縛雞之力、必死無疑那則傳說了。忘了再美的孔雀開屏，也不能離開那家雞一般的孔雀的肉體了。如此而言，除了語言，小說中那些也一樣重要的，有時比語言更為重要的其它文學元素呢？最近聽說，美國第三次翻譯出版了托爾斯泰的《安娜·卡列尼娜》，讀者驚呼我們現在讀到「真正」的托爾斯泰了。讀到真正的（更接近原版的）《安娜·卡列尼娜》了。為甚麼？因為此前的翻譯，語言都太美、太過詩意，而這新的譯本，語言則更為粗礪，更符合原本俄文的托爾斯泰。這是一則笑話與傳聞，聞而過之，實不可取。但它即便是真的，也並不影響托爾斯泰和《安娜·卡列尼娜》的偉大與價值。而這兒，不是說托爾斯泰的寫作不重視文學之語言，而是說，他並不把小說僅僅作為語言的藝術而致於畢生之努力。他深明，偉大的小說，是小說一切藝術元素的平衡和均力，正如一台跑在讀者閱讀中的蒸汽機，每一個部分出了問題，那蒸汽機或火車，都會戛然而止停下來，都會成為一堆廢鐵停在閱讀那無人問津的荒野上。

到這兒，關於語言的第三個問題出現了 —— 語言即思維。現在，語言為文學之思維的說法在中國作家中頗為盛行和時尚。可這種說法的鼻祖在哪兒？準確的解釋又是甚麼呢？尤其在詩人中間，已經把語言（詞語）上升為神的高度，似乎不視語言為神靈，這位詩人（作家）就不夠純粹和高尚。

那位大名鼎鼎的維特根斯坦曾經說：「想像一種語言，即想像一

個世界」「我的語言的界限。意味着我的世界的界限。」這說出了語言
無邊的意義，可同時它也說出了語言的有限性。即：世界有多大，語
言就有多麼寬廣 ── 這句話翻過來的意思是，世界有多麼寬廣，語
言才可以有多麼寬廣。為了語言即文學思維這個概念，我特意請教了
北京大學的文學老師。在討論這個問題時，他非常鄭重地向我推薦了
由商務印書館出版的美國語言學家本傑明・李・沃爾夫的文集《論語
言、思維和現實》。我回去認真地閱讀這本書，就像一個鐵匠在仔細
研究鐘錶匠做錶製鐘的過程那樣。這就讓我忽然明白，一個作家，就
是作坊中的一個鐵匠、木匠、泥瓦匠，你的寫作就是燒打出各種各樣
的鐵器，做製出各種各樣的木器和建蓋出適合當地文化、風俗審美的
各式各樣的房子。而那些批評家，尤其是語言學家，則是那些可以把
粗製的鐵器當做手錶拆解分析的人。但是，在沃爾夫的那篇《習慣性
思維、行為與語言的關係》的長篇論文中，最後他對語言、思維和行
為三者的關係這樣總結：「在語言和文化（當然包括文學）的結合中
存在着各種聯繫 ── 語言分析和各種行為反應的聯繫，語言分析和
各種文化發展所採用的態度的聯繫。因而，傳令長的重要性確實有一
種聯繫，不是與缺乏時態這一特徵本身的聯繫，而是與一個思想體系
的聯繫。在這個體系中，與我們的時態不同的範疇是很自然的存在。
要發展這些聯繫，最佳途徑不是專注於語言學、人種學或社會學的典
型描寫方法，而是將文化和語言當做一個整體對待。[39]」這段總結，非

---

39 （美）本傑明・李・沃爾夫，《論語言、思維和現實 ── 沃爾夫文集》，商務印書館，2012 年
6 月，高一虹譯，第 158–159 頁。

常清楚地強調了語言和一個「思想體系」的聯繫，應該將語言和包括文學在內的文化當做一個整體去對待，而不能把語言從整體中抽離出來。文學語言，亦是如此。無論你把語言上升到多麼高的位置，語言的存在，都必須有對象的存在。在這兒，「言之有物」，已經不再是文學敘述中空泛、空洞與實在的意義，而是關於語言與文學整體的聯繫。「實際上，思維是非常神秘的，而目前對我們理解思維幫助最大的，是對語言的研究。語言研究顯示，一個人思維的形式受制於他沒有意識到的固定的模式規律。[40]」

凡此種種，都在說着語言的有限性，而不是語言的漫無邊界的高度和萬能；不是說，語言就是思維之本身與本質。不是說，在文學中，因為有了語言，就有了文學的一切。

總之，在我們有限的閱讀範圍內，無法從文本中找到一部（一篇）「語言為文學的萬物之源」的小說。也無法從文本上弄明白「語言即思維」這種觀念在寫作中的實踐（哪怕是失敗）之作。但是由此，它讓我們發現了一個新的問題：在寫作的過程中，人物、故事、情節和敘述方法等，對天下的作家言，都有可能形成共識和彼此交叉的重複，容易在甲和乙，乙和丙的寫作中重疊和相似，唯有語言，是最可以獨有並更為個性的，一如天下人的行為與思想，多都與他人不可分開來，唯有他的聲音 —— 他最細微的言說，則最為也最易與人不同、與眾而不同。所以，我們發現了一種存在 —— 世界觀決定一

---

40 同上，引自論文《語言、心理與現實》，第 272 頁，高一虹譯。

個作家的營陣立場，文學觀決定一個作家的藝術營陣，俗言之就是風格與追求。而人性觀，則決定一個作家的情感立場與愛恨的糾結度，而語言，則最可能分辨和決定一堆作家中的「這一個」或「那一個」。就是說，世界觀、文學觀、人性觀在決定了作家中的一輩或一個後，語言則更為細緻地分出了「這一個」中的你、我、他。於是，在寫作中，關於語言就有了一個新的可能性 ——

語言即我。

　　　　　　　　　·

　　一切都從文本出發，我們不可被寫作理論的空穴來風吹得迷三而倒四。

　　在這一課的開始時，我首先講了一句話：一樁無奈的事情到來了。意思是說，我們講的是十九世紀文學。而我們在這兒要談論的語言，也自然應該以十九世紀的文學為藍本。然而，無論是十九世紀還是二十世紀的世界文學，凡來到中國的，都是經過翻譯的。以俄羅斯文學為例，我們談論托爾斯泰的語言，其實談論的是經過草嬰先生翻譯的語言。談論屠格涅夫《父與子》與他的中短篇小說之語言，是在談論巴金翻譯的語言。談論《卡拉馬佐夫兄弟》和《罪與罰》這兩部偉大小說那種刻骨的揪心之描述，又是在談論耿濟之和岳麟們的翻譯之語言。基於此，如果我們把同一部小說換為另外一個翻譯家，立刻就會發現，小說的故事、情節也許還是那樣兒，但語言 —— 語言的腔調、節奏、詞語都發生了不能接受的變化。如果是詩歌，還有可能

出現南轅北轍、黑白混淆之亂相。

　　這就是我說的一樁無奈而尷尬的事。

　　談論語言，必須以母語為本。而在母語寫作中，十九世紀文學達到高峯時，我們的中文小說還在文言文的跋涉中。白話小說，還遠未開始。這樣兒，我們討論十九世紀的文學，也就只能以二十世紀的中文小說為例了。

　　為甚麼說在語言這個問題上，是「語言即我」呢？因為一個寫作者的文學觀、世界觀、人性觀大多只能把作家分成「我們」和「你們」，「他們」和別的「一羣人」。文學觀和世界觀，其實是文學的「黨派性」和「宗教性」，是羣體的基礎性，是流派形成的最基本的土壤。而不是作家中「這一個」的細微之別，只有語言，才可能是這一個與那一個作家寫作安檢中的指紋。作家中真正有價值的是「這一個」的寫作人，不是「這一羣」或「那一羣」，如人物中的「這一個」，是十九世紀寫作中作家的立根之本一樣，而寫作中的「這一個」和「那一個」的寫作人，也恰恰是一個作家在一個時代和一羣作家中的立根之本。這個立根之本，在一羣中分出「你」「我」「他」的標誌與區別，不在共性的「我們」與「你們」中，而往往是在他「最個性」的語言中。是那種只有真正的讀者可以看到的語言中的「語言紋」。請注意，在中國，在三十年代羣星燦爛的作家中，經常在語言上被我們反復稱道的幾個作家是：魯迅、老舍、沈從文、張愛玲和蕭紅等。如果沿用狹隘、民族、私利的方法把張愛玲從「我們」的羣體中排除出去，或

從「他們」那一羣中摘開來單說另論，那麼，魯迅、老舍、沈從文、蕭紅等，應該都是「我們」這一國羣的。這一羣，在四九年之前，文學觀、世界觀、人性觀，應該都是「我們」的，趨近趨同的。是甚麼把他們分成了「我們」中間的「這一個」和「那一個」？當然不是他們的名字。而是他們的作品。更為具體說，是他們作品中諸多藝術元素最小而最不易趨同的 —— 語言。

我家的後面有一個很大的園……但那時卻是我的樂園。

不必說碧綠的菜畦，光滑的石井欄，高大的皂莢樹，紫紅的桑葚；也不必說鳴蟬在樹葉裏長吟，肥胖的黃蜂伏在菜花上，輕捷的叫天子（雲雀）忽然從草間直竄向雲霄裏去了。單是周圍的短短的泥牆根一帶，就有無限趣味。油蛉在這裏低唱，蟋蟀們在這裏彈琴。翻開斷磚來，有時會遇見蜈蚣；還有斑蝥，倘若用手指按住牠的脊樑，便會啪的一聲，從後竅噴出一陣煙霧。何首烏藤和木蓮藤纏絡着，木蓮有蓮房一般的果實，何首烏有臃腫的根。有人說，何首烏根是有像人形的，吃了便可以成仙，我於是常常拔它起來，牽連不斷地拔起來，也曾因此弄壞了泥牆，卻從來沒有見過有一塊根像人樣。如果不怕刺，還可以摘到覆盆子，像小珊瑚珠攢成的小球，又酸又甜，色味都比桑葚要好得遠。[41]

這是魯迅的《從百草園到三味書屋》中人所皆知的一段。

祖父雖然教我，我看了也並不細看，也不過馬馬虎虎承認下來就是

41 魯迅，《魯迅經典全集：散文全集》，湖南人民出版社，2015年9月，第40頁。

了。一抬頭看見了一個黃瓜長大了，跑過去摘下來，我又去吃黃瓜去了。

黃瓜也許沒有吃完，又看見了一個大蜻蜓從旁飛過，於是丟了黃瓜又去追蜻蜓去了。蜻蜓飛得多麼快，哪裏會追得上。好在一開初也沒有存心一定追上，所以站起來，跟了蜻蜓跑了幾步就又做別的去了。

採一個矮瓜花心，捉一個大綠豆青螞蚱，把螞蚱腿用線綁上，綁了一會，也許把螞蚱腿就綁掉，線頭上只拴了一隻腿，而不見螞蚱了。

玩膩了，又跑到祖父那裏去亂鬧一陣，祖父澆菜，我也搶過來澆，奇怪的就是並不往菜上澆，而是拿着水瓢，拼盡了力氣，把水往天空裏一揚，大喊着：

「下雨了，下雨了。」

……

花開了，就像花睡醒了似的。鳥飛了，就像鳥上天了似的。蟲子叫了，就像蟲子在說話似的。一切都活了。都有無限的本領，要做甚麼，就做甚麼。要怎麼樣，就怎麼樣。都是自由的。矮瓜願意爬上架就爬上架，願意爬上房就爬上房。黃瓜願意開一個謊花，就開一個謊花，願意結一個黃瓜，就結一個黃瓜。若都不願意，就是一個黃瓜也不結，一朵花也不開，也沒有人問它。玉米願意長多高就長多高，它若願意長上天去，也沒有人管。蝴蝶隨意的飛，一會從牆頭上飛來一對黃蝴蝶，一會又從牆頭上飛走了一個白蝴蝶。牠們是從誰家來的，又飛到誰家去？太陽也不知道這個。

只是天空藍悠悠的，又高又遠。

可是白雲一來了的時候，那大團的白雲，好像灑了花的白銀似的，

從祖父的頭上經過，好像要壓到了祖父的草帽那麼低。

　　我玩累了，就在房子底下找個陰涼的地方睡着了。不用枕頭，不用席子，就把草帽遮在臉上就睡了。[42]

　　這是蕭紅的著名小說《呼蘭河傳》中蕭紅兒時在她家花園裏最開心的童年和那永遠留給我們的花園與文字。這與魯迅的童年與他童年的那個花園相比較，他們的心境、歡樂、情趣幾乎一模一樣，所不同的是，他們使用其表達的文字 ── 言說的語言和語言中的語言紋。再看他們面對死亡、麻木和國民性以及他們所處的時代與現實，魯迅的短篇《藥》，幾乎就是蕭紅的中篇《生死場》的某種魂靈的早生，而《生死場》的寫作，則是讓那魂靈由南方的鄉村飄至東北鄉村的舞語。

　　西關外靠着城根的地面，本是一塊官地；中間歪歪斜斜一條細路，是貪走便道的人，用鞋底造成的，但卻成了自然的界限。路的左邊，都埋着死刑和瘐斃的人，右邊是窮人的叢塚。兩面都已埋到層層疊疊，宛然闊人家裏祝壽時的饅頭。

　　……

　　微風早經停息了；枯草支支直立，有如銅絲。一絲發抖的聲音，在空氣中愈顫愈細，細到沒有，周圍便都是死一般靜。兩人站在枯草叢裏，仰面看那烏鴉；那烏鴉也在筆直的樹枝間，縮着頭，鐵鑄一般站着。[43]

---

42 蕭紅，《呼蘭河傳》，1979 年 12 月，黑龍江人民出版社，第 66-67 頁。
43 《魯迅經典全集：小說全集》，湖南人民出版社，2015 年 9 月，第 28、32、34、35 頁。

這是魯迅的《藥》中華老栓為了給兒子小栓醫治癆病去買人血饅頭和兒子死後，那被賣了腦血的瑜兒的母親去給兒子上墳，又在墳地相遇那吃了自己兒子腦血的也一樣死去的小栓的母親華大媽的場景和敘述。

下面，我們再來看《生死場》中月英從病到死，這期間她的丈夫和王婆及五姑姑們的行為：

> 月英坐在炕的當心。那幽黑的屋子好像佛龕，月英好像佛龕中坐着的女佛。用枕頭四面圍住她，就這樣過了一年。一年月英沒能倒下睡過。她患着癱病，起初她的丈夫替她請神，燒香，也跑到土地廟前索藥。後來就連城裏的廟也去燒香；但是奇怪的是月英的病並不為這些香煙和神鬼所治好。以後做丈夫的覺得責任盡到了，並且月英一個月比一個月加病，做丈夫的感着傷心！
>
> 三天以後，月英的棺材抬着橫過荒山而奔着去埋葬，葬在荒山下。
>
> 死人死了！活人計算着怎樣活下去。冬天女人們預備夏季的衣裳；男人們計慮着怎樣開始明年的耕種。[44]

實在說，在蕭紅的《生死場》中，充滿着魯迅的《藥》《祝福》和《故鄉》的物事、場景和氣息。《生死場》就是這些小說精神的合體。其中病中的月英和華老栓、小栓及祥林嫂，他們血液的脈管，幾乎是相通相連，同源同根。而愚昧至極的月英的丈夫，又多有華老栓

---

44 蕭紅，《生死場》，黑龍江人民出版社，1980 年 5 月，第 38、39、40、41 頁。

的魂靈。王婆與王姑姑，又多麼的相似在兒子墳地相遇的華大媽和瑜兒的母親。就連這些小說中的氛圍、基調，也都是「死亡和墳場」的孤寂、冷寒與麻木的日常。那麼，又是甚麼把這些小說真正區別開來呢？當然，是魯迅的名字與蕭紅的名字，是魯迅小說的故事與蕭紅小說的故事。這樣說，是完全正確而毫無差池的，但又總還不免讓人想到他們的相似性：來自世界觀的立場，來自文學觀和人生觀的對現實和人的認識。然而，他們又是截然不同的。不同如楊樹與榆樹都為北方的樹種卻完全不一樣。木棉花與鳳凰花，同為南方的花朵，也完全不一樣。松樹與柏樹，都為冬綠樹，又常被種在一塊兒，可它們又有哪兒相似可比呢？那麼，在魯迅和蕭紅的寫作中，他們真正的差別在哪兒？最早是從哪兒開始不同起來呢？

語言。

魯迅的小說語言簡潔、冷硬，講究珠璣之力，針針見血，刀刀利肉。因為這樣的語言，也使得他小說的情節與細節，都如石塊、鐵塊樣結實、寒涼並帶着處處傷人的楞角和邊緣。而蕭紅的語言，則綿柔、細潤，多有枝蔓的生長。如果說蕭紅的語言是植物之藤，而魯迅的小說語言，則是剪除藤蔓後孤立、或成串的帶刺的乾果。如果說蕭紅的語言文風，多如秋冬之間細流纏繞的緩和的河水，那麼，魯迅的語言文風，則完全是酷冬中因冰凍斷流而鋪滿冰結與掛着冰凌的鵝卵石的河道。他們真正的區分，正是從這兒開始：因我的語言與你的語言的不同，從而變化、漫延出了不同氣韻、氛圍的小說。就是那些小

說彼此間有多少「我們」的趨同和相似，而最終，也因「語言即我」，而彼此分開成你的寫作是「我們」中的「這一個」，而我，是「我們」中的「那一個」。

—————— ● ——————

關於語言，我們還可以繼續從各種不同的文本開始，進行各樣的討論和紛爭。但在這一課要結束時，我不得不說，無論魯迅多麼偉大，蕭紅多麼的個性和綿柔，張愛玲多麼富有才華如語言的女巫與神靈，老舍又多麼的地域和創造，而在語言與人物、與故事、與現實、與世相等等諸多的平衡和結合上，尤其從短篇小說說開去，魯迅的小說，讀來未免有語言的尖利和突兀，老舍未免帶有京腔京調那種「皇味兒」，張愛玲，那種才華的冷漠盡在語言中的表露和凸顯，可蕭紅，寫得最好時，是她自己不知自己多好時，一旦知了也就失去了語言的純和真。反倒是我們一直未顧及談到的沈從文，在語言上的自覺與平衡，達到了至高的境界與完美 —— 我說的是他在語言與文本整體的文學性的平衡上，既不讓語言成為離開鳥體飛起來的美麗無根的羽毛，也不讓語言成為龐大鳥體、物體上的裝飾和附庸，既不讓語言成為工具含有過多的物質性，也不讓它成為藝術的精神貴族在敘述的路上走着走着飄起來。這方面，他的短篇《丈夫》，可謂範例中的範例，經典中經典，是寫作中語言與文學整體性最完美結合的金鑲玉與和氏璧。

2016 年 1 月 20 日

第

五

講

風格

：

寫作者對自我的尋找與認定

風格：寫作者對自我的尋找與認定

「語言即我」是沒有講完的一個話題，希望在這一講中，會延宕開來，對寫作的風格，有更清楚的註釋。

關於風格，讓我從傢具與木匠說起。今天，我們走進任何一家傢具超市 —— 在香港、在內地、在世界上的任何一個地方，凡賣傢具的地方：床鋪、衣櫃、沙發、餐桌、椅子、辦公桌或電腦桌等，每一個種類，都不只是一個品牌，一種樣子。以沙發為例，中式的、歐式的、美式的和非洲簡易的，現代的和古典的，如行為藝術一樣，後現代到不倫不類的。為甚麼單是世界上的沙發就有這麼多的樣子和品牌？因為我們每個人、每個家庭，對沙發的審美都完全不一樣。每個家庭的房子面積、結構、佈局對沙發的要求也完全不一樣。這就使得沙發必須是各種各樣，風格上千變萬化，以適應各種顧客的要求。當然，在各種各樣的沙發中，哪種最具個性，且更為舒適的，將會成為沙發中的經典，有更多的顧客和銷路。所以，每一家生產沙發的廠家，每天都在為創新和形成自己獨有、舒適的品牌 —— 風格而抓耳撓腮，東借西學。

我曾經在北京的一個傢具城，讀到過一家生產沙發的廠家最為經典的廣告：

「我們的目的，就是為屁股服務。我們的風格，就是讓你過目不

忘。我們的追求是讓沙發對男人像女人一樣，對女人像男人一樣。對老人像青春一樣，對孩子像樂園一樣。」

關於風格，關於追求，再也沒有誰的語言比這段廣告更為直白、明瞭、準確了。也正是這樣，在談論小說寫作的風格時，我談論了似乎風馬牛不相及的沙發。

再說木匠。今天，所有的傢具，都是機器的流水線作業。而在三十幾年前，中國內地所有的傢具，大多必須出之木匠之手。我家的那個村莊，張木匠、李木匠，不下十數人。而最有名的，卻是一個愛畫畫，懂點美術的一個趙瘸子。因為是瘸子，腿腳不方便，他就成了趙木匠。因為讀過書，愛畫畫，經常去城裏買些美術的畫冊拿回家裏翻翻和看看，他就成了村裏最好最好的木匠了。成了木匠王。成了魯班在我們村的再生和還魂。成了木匠中的木匠，經典中的經典，成了一切藝術關於風格最好的註釋者和實踐者。

我認真地研究過這個木匠王 ―― 我們村中不同凡響的趙魯班。在我小的時候，曾經特別把他的木匠活兒，和其他木匠的活兒做過細心的比較和研究 ―― 因為我在少年時，也曾經想當一個鄉村社會的好木匠。趙木匠在我們家做門和立櫃時，我就站在他的邊上看；他被請到別家做箱子、椅子、壽棺和房樑時，我不僅會有事沒事去偷看，還會把他的作品 ―― 那些木匠活兒牢牢地記在心裏，去和別的木匠的作品比較。後來我發現，他的手藝 ―― 木匠活兒，并不比別的木匠活兒結實和耐用。他做的立櫃也是那么幾條腿，幾扇門，門上投着

紅漆和黃漆，畫了喜鵲和鳳凰，只不過，在他做的四條立櫃的腿腳上，不是讓櫃腿成為四方四正的木柱立在地面上，而是把每根立櫃腿接觸地面的四個小角都削掉，再把距地面一寸半處的櫃腿的四楞邊上也都切掉一塊兒，讓那櫃腿有了「腳」，且櫃腳還都是菱形兒，如古裝戲上武生拿的菱錘兒。大約就這樣。他做的桌子面上四邊都有線槽兒，抽屜的迎板下面會刻上幾線水波紋，讓你開關抽屜如在水上滑着一樣有着輕快感，就連抽屜和門上的合頁和釘子，他都要根據木材的顏色選用銅黃釘或者白鐵釘。同時，他在各種傢具上畫龍、畫雀、畫鳳凰時，他的畫工也是要比別的木工、漆匠好一點。好那麼一點點。比如說，他畫的龍爪決不是我們一般看到的龍爪和雞爪一模樣。他總是讓畫的龍爪收起來，欲騰欲飛的樣，且那爪裏又總要抓住一個金珠子 ── 手抓金珠，農民們誰不喜歡呢。還有比如人死時做棺材。做棺材是最沒有含金量的木匠活，一般的農村人，只要有木匠的工具和常識 ── 能鋸、能刨就行了。真正的技術是在棺材做成後，在檔頭 ── 即棺材的大頭那兒刻劃「祭」或「奠」字那一點才是技術細活兒。可這一點細活兒，也都是一般木匠之常識。如果連這一點木刻技能都沒有，那你也就不是一個木匠了。可趙木匠在做棺材時，又有和人不一樣的地方了，他在棺材做成時，都會根據死者的身材，在棺材的底板上刻出或深或淺的一個人痕兒，頭、肩、背、屁股和腿腳，在那棺材底板上，最深處不過一指深，最淺處也就淺淺一片印痕兒。總之說，那棺材底板上的印痕就像人在沙灘上躺過那樣的印痕兒。實

際上，當棺材合上時，誰都看不見那棺材底板上有和死人相近的印痕兒。可趙木匠他為甚麼要這樣？他說人死了，長年累月躺在木板上多硌多硬呀，有這個和死者一樣的凹痕刻在底板上，剛好肩在肩處，背在背處，屁股和腿都在屁股和腿的凹痕裏，那人就躺下舒服了。說我們人活着要倒要坐時，不是哪兒有個窩兒就愛去那窩裏坐坐、躺躺、靠靠嗎？而且他還說，死人下葬時，抬棺的上山下山，根據習俗，在入墳落土那一刻，抬棺人必須猛跑一段，快速地把死人送入墓穴裏。這一跑，這一顛，死者入棺前無論你把屍體擺放得怎樣規整，到最後十有八九都不是那樣的仰躺平放的模樣了。可在棺材底上刻下這印痕，剛好把死者鉗放在印痕凹槽裏，那麼無論棺材怎樣顛蕩和晃動，死屍應該都不會怎么滑動了。都是那樣舒適躺着了。

事情就這麼簡單，村裏人做木匠活兒了，都首先要去請那個趙木匠。

就這麼簡單，這一點和別的木匠不一樣，那一點和別的木匠不一樣，加起來他就成了和別人最不一樣的木匠了。成了最具自己風格的木匠了。成了村裏和我們那兒方圓幾十里被請來請去的木匠王。最遠時，百里外的有錢人家嫁閨女和娶媳婦，也會高價請他去做箱子、櫃子和各種木匠活。死了人，人們會專門請他做棺材。會多給他很多錢，讓他把棺材底板上的人痕刻得好些再好些，細些再細些，使人躺在那兒剛好如坐在躺在最舒服的床上和沙發上。

關於傢具沙發和我們村的趙木匠，在這兒說明了以下幾個問題：

一、人們做任何事情，都要有自己的風格，都要有自己不同於他人的方法。

二、這種風格愈突出，就會愈是讓人過目不忘。愈是要讓人過目不忘，就愈要顯示你的與眾不同和不落平庸的風格的絕唱與迴響。如此，也才可以讓你從庸眾中異軍突起，鶴立雞羣於不敗之地。

三、是為肉體感觀，還是為人的靈魂服務，將有着天壤之別。做沙發、賣沙發是為了讓人的屁股、肩背更舒服，而在棺材底板上刻出剛好和死者身軀一樣 —— 大出那麼一點兒的細膩、潤滑的人體的印痕兒，讓死者躺進去永久舒適，而讓生者從內心、從靈魂得到永久的安撫，這是為靈魂服務的一種木匠活 —— 是一個為靈魂安慰的最簡單質樸，卻又讓人終生難忘的藝術。

對於寫作的風格，狀況的簡淺與深意，趙木匠就在這兒體現出來了。風格，是你的寫作與眾人不同的唯一的標誌。如前在「語言即我」中之所述，魯迅與蕭紅之寫作，無論有多麼的相似，最終卻又完全的不同。而魯迅與沈從文的寫作，則因幾乎無相似之處，而終就成為了兩種寫作完全不同的道路，使得他們在中國現代文學上成為兩條道路的開山者和領路人。巴爾扎克和雨果，在十九世紀成為世界文學中的兩大法國文豪，是因為他們截然不同的兩個大師的風格。用批評家最庸俗、懶惰的批評劃分，那就是 —— 他們一個是批判現實主義大師，一個是浪漫主義大師。這「批判」和「浪漫」的區分，恰就是他們「風格」上的不同。還有俄羅斯文學那一把一羣的大師們，英國、德國當年的偉大作家

們，之所以都可以成為大師，而不村中那一輩的「張木匠」和「李木匠」，而都成為了可以安慰靈魂的「趙木匠」，也皆是因為他們在眾多的「木匠」中，有着自己最為獨有的風格和追求。既有着獨有風格的寫作，又恰好都有最為安撫靈魂的內心和想像。

在風格的問題上，讓我多說幾句話。長期以來，我對流派持有一種懷疑心。之所以流派的形成是因為彼此間風格的相近。思想、立場、文風、追求、及至於對故事的選材和講述之方法，都有了相似性，那麼一個流派很快就應運而生了。不期而至了。它的好處是，可以讓一輩作家、一批作品，更快地引起讀者和論家的關注，乃至於給書寫文學史的勤勞人提供寫作的便利。可它的壞處是，在一個流派裏，總會過分地成就流派的領頭羊，而最終忽略領頭羊後邊的一輩兒。如法國的「新小說」如此；美國的「垮掉的一代」和「黑色幽默」輩，拉美的「魔幻現實主義」輩，都亦為如此。在這種寫作的其間和最後，成就的總是一個流派最前的一個或幾個，而犧牲的是那一流派羣體中更多更多的作家們。

在中國現代文學中，當年有着「左翼文學」「鴛鴦蝴蝶派」和「現代派」等不同的文學社團和羣體，而今天，這些社團、流派和羣體，留下的作家又有哪些呢？以「左翼文學」為例，當年就有魯迅、陽翰笙、夏衍、潘漢年、阿英、馮雪峯、田漢、蔣光慈、郁達夫、柔石、茅盾、丁玲、胡風等，而今多被記住的，卻只還有魯迅、郁達夫和後來的追隨者蕭紅等留在我們心裏了，而其他那些作家、作品都往哪去

了？為甚麼那一大批當年有才華、有追求的作家們，今天都不在我們的視野裏邊了？這是時間殺死了他們，是他們的作品殺死了他們；也是流派、團體、羣落殺死了他們。還有四九年後在中國內地如日中天的「山藥蛋派」和「荷花澱派」。前者的作家羣中有趙樹理、馬峯、西戎、李束為、孫謙、胡正等，俗稱為「西李馬胡孫」（稀里馬虎孫）。後者的部落裏有孫犁、劉紹棠、從維熙、韓映山等。可是現在，馬峯、西戎、李束為他們為甚麼聲名慚息，不談論文學史，就幾乎不再談論他們的作品呢？這是因為他們的作品，也還是因為流派的弊端，讓我們不必談論他們了，可以忘記他們了。因為流派的產生，既是為了讓一羣人異軍突起，名聲顯赫，同時又是為了讓一羣人在時間中去成就那麼一個、兩個人，一部幾部之作品。以孫犁為首的「荷花澱派」，也亦是如此吧。

說說當今中國文學中二十世紀九十年代紅到發紫的「先鋒文學」。當年在這一先鋒文學中有馬原、洪峯、殘雪和後來的蘇童、余華、格非、孫甘露、葉兆言、北村、呂新、潘軍等，再後來，還有河南的李洱及我熟悉的一批河南的年輕作家們，可待時過境遷之後，我們再說這些寫作時，這個名單中就只還有余華、蘇童、格非等寥寥幾個了。而那些當年都個個響噹噹並富有才情的作家呢？是作家和時間殺死了他們，也是因風格而聚的流派羣落，把他們無情而默默地殺死了。讓我們忘記了和不再提及了。

風格是流派相聚的磁場和吸引力。而流派中的風格又是殺死作家

的慢性毒藥和無痛的刀。所以，十九世紀寫作講究風格，二十世紀寫作講究個性。這種個性，正是對集體風格的背叛和逃離，是在風格中的昇華和超越。

關於寫作的個性，我們會在二十世紀文學中去討論。因為個性形成了主義，可有時主義也和流派風格一樣，同樣也是殺死作家的刀。然而無論如何說，風格或主義，也還是拯救寫作在羣體的水域海洋中不被淹沒、窒息而死亡的船隻和救生艇，從這個層面說，十九世紀寫作中被作家人人都追求的個人風格，其實是有着共性的。這種共性，我們可以從正反兩個方面去分析和討論。

陀思妥耶夫斯基曾經非常羨慕屠格涅夫和托爾斯泰的寫作。羨慕他們在評論界的聲譽，羨慕他們每頁文稿都比他多的稿酬。他總覺得自己的寫作，在那兩位文豪面前，有低人一等的感覺。這一個俄羅斯文學黃金時期盛況中被忽略的江河的波紋，細究起來，本質上不是陀思妥耶夫斯基羨慕托爾斯泰和屠格涅夫的文壇聲譽和地位，而是他在寫作中羨慕那二位大師的文風 —— 風格。他們關心大時代，能寫出大時代的動盪、不安和大時代中能代表時代的弄潮兒的命運、情感和典型的形象 —— 即建立在風格上的那種共性的基礎。而陀思妥耶夫斯基，在那波瀾壯闊的大時代中，卻只能寫出大時代的邊緣人和小人物的內心和靈魂。換句話說，陀思妥耶夫斯基的寫作風格沒有建立在大時代的共性基礎上，而是更為突出了「邊緣人」的「個人性」，這是他和那兩位大咖在風格基礎上的不同之所在，這也導致了他的寫

作，當年在論家和讀者面前相對的冷落和失落。從他們寫作的彼此風格中，我們看出來，談論十九世紀寫作的作家風格時，那風格其實首先是必有的時代大風格。諸如對時代的關注，對時代中弄潮兒的把握，對時代和社會現象與本質的認識、批判和剖析。作家的風格是要首先建立在這些「大」的基礎上，而後再去尋找、建立、確認個人寫作的風格之不同。而陀思妥耶夫斯基與托爾斯泰和屠格涅夫們，在「風格」上的不同，正是這「大」與「小」的差別。他寫的是「小人物」之日常中的故事和靈魂，而人家寫的是大時代中典型人物的命運與生命。當然，細究起來，他們的風格之差異，還有故事與講故事的方法，對人和對人物的理解，語言的文風和對人物心理的敘述與刻寫，乃至於每個作家對語言的認識和使用等，是這些諸多的差別，形成了他們風格的大相徑庭。亦如我們村的趙木匠與其他木匠們的不一樣。這是由各方各面的差異形成的，而決非僅僅因為都做桌子、櫃子時，桌腿的不一樣，抽屜和立櫃門的不一樣。總之，十九世紀寫作的風格之差別，是在大體的一樣中，每個作家在尋找、建立和創造自己的不一樣。在通過自己的風格來尋找自我的確立與認定。使每個作家都在同一個舞台上，來確認、出演屬於自己的角色。而二十世紀的寫作，是從根本上，要脫離，背叛那個共有的舞台。

這個十九世紀的舞台，就是對社會歷史和現實生活中的人與社會的批判與尊重。在對社會歷史的認識上，作家都是持有批判態度的。在對社會人的認識上，也都是抱有飽滿的情感，不是愛，就是恨，再

或愛恨交加，而決不會「沒有情感」的。因為這些，使得所有作家在風格上的尋找和認定，都是自我在多數「大同」的基礎去上尋找個人寫作之異處。風格上的差別，大體無非是對故事認識的不同，對人物認識的不同；對時代批判的方法與程度的不同。使用語言的態度和習慣與追求的不同。而這些不同，都是在時間的長河上的變化，而非在空間有甚麼根本的差異。也非對人的認識，從根本上發生了變異。更非從寫作的本身，對寫作有甚麼顛覆性的革命。所以，當我們論及十九世紀的寫作風格時，終將無法逃離以下這些共同的詞語：

批判、浪漫、歌頌、幽默、諷刺、抒情、憂傷、愛、恨、詩意等。

就是福樓拜在巴爾扎克故去之後，在寫作上對小說的空間增添了豐富的內容，贏得了當世與後世作家、論家巨大的歡呼，而在風格的基礎上，也未擺脫要建立、確認作家寫作自我風格生長的共同土壤，也依然是建立在對社會現實的批判和認識上，來重新尋找、確立世界文學中的那個不一樣的「福樓拜」。這一點，從本質上去說，倒是陀思妥耶夫斯基的寫作，正在為二十世紀寫作由「集體中的個人風格」走向二十世紀真正的個人寫作奠定着基礎。

重新回到以小映大，以短篇試論整體寫作的可能性上來。在這個《百年寫作十二講：閻連科的文學講堂》十九世紀卷中，我們共選擇了能夠代表十九世紀寫作大致風貌的 30 多個短篇。這 30 多個短篇，通讀下來，我們很簡單地就可以發現，感受到每個作家與每個作

家在寫作風格、筆墨嗜好上的相同和不同。相同的是他們都有一顆對社會現實強烈、明確的批判心，都有濃烈的對人和人與社會關係的剖析與愛恨，而在這個共有的基礎上，擺脫因翻譯而無法真正去討論的他們在語言上彼此的差異與個性，我們會看到歐·亨利在故事上匠心獨運、情節奇勝的「故事法」；會看到與歐·亨利同屬一個大陸的美國作家傑克·倫敦在人物與環境刻寫塑造中那刀砍斧劈的粗礪、堅硬和讓人讀後難以忘記的印記。而同樣在寫環境的短篇中，屠格涅夫的《獵人筆記》對自然的描寫，則完全是另外的風格，細膩、準確、詩意，讓我們在閱讀中，果真聞到草與落葉的清香與腐味，真可謂是大師的筆法與稟賦。而至於另外兩位十九世紀真正的短篇大家契訶夫和莫泊桑，他們與他人的差別，才是我們開始講的我們村的趙木匠與其他張木匠、李木匠的差異與不同 —— 他們，是在短篇寫作中真正做到了關心人的靈魂的人。其他的歌德與哈代，巴爾扎克與雨果，左拉與都德等，他們在長篇與詩體上的建樹，則更為偉大和鮮明，而其短篇的風格，也盡所不同，千秋各在。但在風格的鮮明上，還是要推薦美國作家馬克·吐溫的《競選州長》。這位在十九世紀三十年代出生在美國中部密蘇里州的作家，以《湯姆·索亞歷險記》和《哈克貝利·費恩歷險記》而名揚天下，他對世態的感受與描述，對人生的體察與描寫，尖刻、坦誠、幽默、大眾，因此而廣受讀者喜愛。其短篇小說《競選州長》，寥寥數千字，不光體現了我們說的十九世紀寫作建立在共有「大風格」上的個人追求和風格辛辣的諷刺和批判，人人喜愛的

幽默和歡笑，而且，在這個短篇中，他那麼恰如其分地剪貼使用了新聞報導的材料。使報紙的新聞寫作和文學創作天衣無縫地結合在了一起。這種新聞與文學聯姻的聯姻體小說，在二十世紀極度講究文體和「怎麼寫」的寫作中，平常如秋天的落葉，春風中的花開，但在十九世紀幾乎全部作家寫作的精力都集中在「寫甚麼」的時候，還是在「怎麼寫」中給了我們耳目一新之感受。因此，《競選州長》在風格上的突出，堪為十九世紀短篇的一例「風格」的典例。

2016 年 1 月 22 日

第

六

講

歷史背景

：

人物與命運的草原和大地

歷史背景：人物與命運的草原和大地

一連好幾天，許多潰軍[45]的殘餘部分就在盧昂[46]的市區裏穿過。那簡直不是隊伍了，只算是好些散亂的遊牧部落。弟兄們臉上全是又髒又長的鬍子，身上全是破爛不堪的軍服，並且沒有團的旗幟也沒有團的番號[47]，他們帶着疲憊的姿態向前走。全體都像是壓傷了的，折斷了腰的，頭腦遲鈍得想不起一點甚麼，打不定一點甚麼主意，只由於習慣性而向前走，並且設若停步就立刻會因為沒有氣力而倒下來。我們所看見的，主要的是一些因動員令而應徵的人和好些素以機警出名而這次出隊作戰的國民防護隊：前者都是性愛和平的人，依靠固定利息過活的安分守己的人，他們都扛着步槍彎着身體；後者都是易於受驚和易於衝動的人，既預備隨時衝鋒也預備隨時開小差。並且在這兩類人的中間有幾個紅褲子步兵都是某一師在一場惡戰當中受過殲滅以後的孑遺；好些垂頭喪氣的炮兵同着這些種類不同的步兵混在一處；偶爾也有一個頭戴發亮的銅盔的龍騎兵拖着笨重的腳跟在步兵的輕快步兒後面吃力地走。

⋯⋯

由於等候而生的煩悶反而使人指望敵人快點兒來。

---

45 潰軍是指 1870 年普法戰爭中的法國潰軍。本選段所談的戰事都是屬於普法戰爭中的。

46 盧昂是法國西部一個近海的大都市，在 18 世紀末以前是諾曼第省的省治，現為下塞納州的州治。

47 法國當時的陸軍是以團作單位的，每團各有團旗，也各有團的番號。

在法國軍隊完全撤退的第二天下午，三五個不知從哪兒出來的普魯士騎兵匆促地在市區裏穿過。隨後略為遲一點，就有一堆烏黑的人馬從汕喀德鄰的山坡兒上開下來，同時另外兩股人寇也在達爾內答勒的大路上和祁倭姆森林裏的大路上出現了。這三個部隊的前哨恰巧同時在市政府廣場上面會師；末後，日爾曼人的主力從附近那些街道過來了，一個營接着一個營，用着強硬而帶拍子的腳步踏得街面上的石塊囊囊地響。

……

最後，這些入侵者雖然用一種嚴酷的紀律控制市區，不過他們那些沿着整個勝利路線所幹的駭人聽聞的行為雖然早已造成了盛名，而目下在市區裏還沒有完成一件，這時候，人都漸漸膽壯了，做買賣的需要重新又在當地商人們的心眼兒裏發動了。好幾個都在哈佛爾[48]訂有利益重大的契約，而那個城市還在法軍的防守之下，所以他們都想由陸路啟程先到吉艾卜[49]去，再坐船轉赴這個海港。

有人利用了自己熟識的日爾曼軍官們的勢力，終於獲得一張由他們的總司令簽發的出境證。

所以，一輛用四匹牲口拉的長途馬車被人定了去走這一趟路程，到車行裏定座位的有 10 個旅客，並且決定在某個星期二還沒有天亮的時候起程，免得惹人跑過來當熱鬧看。[50]

---

48 哈佛爾是塞納河入海的海口，也是法國的一個很重要的海港。

49 吉艾卜也是一個面臨英法海峽的海港，在哈佛爾之北。

50 以上引文包括註釋均引自《莫泊桑短篇小說全集》第三卷，湖南文藝出版社，1991 年 8 月，李青崖譯，第 282–287 頁。

這段長長的引文，是莫泊桑最為著名、完美的短篇小說《羊脂球》的開篇。我們這樣一段一段地引用，未免有偷懶或剽竊之嫌。可是在這篇小說真正的開篇部分，並不僅僅是這將近的千字，而是三千多字。三千多字，在契訶夫和巴別爾那兒，就是一個完整而經典的短篇。在二十世紀短篇大家博爾赫斯那兒，他不僅會把這三千多字寫成一個完整的短篇，而且他會認為，用這三千幾字，他已經講完了浩瀚跌宕的《戰爭與和平》及長河小說《人間喜劇》全部的故事和要義。因為，他從來都認為，所有的長篇小說，都是廢話連篇的累贅。

博爾赫斯對長篇小說的偏見，正源於他對十九世紀寫作的不滿。同樣以短篇名聞於世的博氏，不知道他讀沒讀過莫泊桑的這部短篇《羊脂球》。倘是讀過，又怎樣對這三千多字的開篇，作出怎樣的譏笑和評價。但在《羊脂球》的寫作中，也正是這三千多字的開篇，最為清晰地昭示了十九世紀寫作與二十世紀天翻地覆的某種變化與不同；昭示了十九世紀寫作的一個慣例或必然：那就是 —— 時代 —— 或說時代背景或歷史的背景，幾乎是所有大家大作中人物與命運蹣跚的舞場，演義的戲台，是人物與人物命運存在與變化的必然，是人的生命的草原與大地。倘若沒有這個時代的舞池，生命的大地，人物就沒有存在的理由與意義，故事也沒有它開始的源頭和演進的源動力，如同行進的火車，沒有了道軌和驅動前行的蒸汽機。

那麼，《羊脂球》這部短篇，它的這三千多字都寫了甚麼呢？它詳盡地介紹、敘述了即將開始的故事為甚麼會是這樣而非那樣的歷史

依據 —— 時代之背景。1870–1871 年的那場使歐洲的格局發生巨大變化的普法戰爭：法蘭西帝國向普魯士王國正式宣戰，結果卻以慘敗而告終，並因此導致了拿破崙三世的投降，法蘭西因此組成抵抗政府，廢黜皇帝，成立了第三共和國。而普魯士王國，也因此由迎戰轉為入侵，長驅直入，最後在 1871 年 1 月 18 日，普魯士王威廉一世在凡爾賽宮踐位為德意志皇帝。從此，法國在歐洲稱雄的霸主地位，讓位於德國，這也為第一次世界大戰埋下了伏筆。

《羊脂球》的開篇，正是在這個歷史背景上，寫了普魯士軍隊連戰連勝，一路掠奪，長驅直入至法蘭西到西部近海的大都市盧昂後，盧昂的各色人等，利用關係，拿到了一張由日爾曼的總司令簽發的通行證。於是，貴族、商人、嬤嬤、妓女等十人，共坐一輛馬車，離開盧昂到另外一個還沒有被普魯士軍隊佔領的哈佛爾港口的故事。

「一輛用四匹牲口拉的長途馬車被人定了去走過這一趟路程，到車行裏定座位的有 10 個旅客⋯⋯[51]」這才是真正小說人物出場的開始，也是我們今天所理解的小說實質的開篇。而此前的三千多字，關於普法戰爭的時代（歷史背景），在今天看來，和故事與人物似乎都無那麼直接的聯繫，至少不需要那麼婆婆繡花般，針針連連，面面俱到。就是必須為了故事的開始，也許讓巴別爾和博爾赫斯這麼寫下幾句就行了：「普魯士的軍隊終於佔了盧昂，那些有能力的人開始離開了。於是，一輛長途馬車上坐着十個旅客朝盧昂外的哈佛爾港趕去了。」

---

51 《莫泊桑短篇小說全集》，第 287 頁。

這樣行嗎？也許行。也許絕對的不行。行是因為這樣的開篇，簡潔直接，可以把讀者迅速帶入故事之中。不行，是因為你忘記了告訴讀者那個時代的背景。為甚麼普魯士的軍隊就到了法國的盧昂？盧昂的法國衞隊到底去了哪兒呢？怎麼竟可以讓盧昂人逃難般背井離鄉，捨棄他們生於茲、長於茲的故鄉而遠涉到另一個海邊的港口？十九世紀的寫作，你必須向讀者交待這些。這是現實主義的全因果[52]不能迴避和逃離的責任。沒有背景 —— 時代背景、歷史背景或生活的背景，在十九世紀的小說中，故事將無法展開；人物就無法活動。在現實主義寫作中，「所有的故事與情節，人物與心理，都必須事出有因。『事出有因』是現實主義構置故事和描寫人物時人人都必須遵守的基本法律；是被所有作家、讀者和研究者共同制定的堅實條約。」[53] 正是因為這樣，時代（或日常現實）背景，才成為幾乎所有故事演義的舞台。沒有這個舞台，就失去了故事與人物站立的界地 —— 生命之土壤。也正是因為這樣，安娜[54]從故事中第一次走出來時，小說已經寫了5萬多字，80來頁。于連[55]在小說中出現時 ——「在比鋸子還要高出五六尺的地方，騎在棚頂的一個橫樑上。他（于連）不但沒有當心照看整個機械的運轉，反而在埋頭看書。」[56] 這段話的到來，已經是小說的第四

---

52 全因果關係是指在現實主義創作中無論何事何物，都必須有來源，有依據，合情合理，其因果關係無處不在，並且因與果的品質要完全對等。詳解可見閻連科，《發現小說》，南開大學出版社，2011 年 7 月，第 91–93 頁。

53 見《發現小說》，第 91 頁。

54 安娜即《安娜·卡列尼娜》中第一主人翁。

55 于連為《紅與黑》中的第一主人翁。

56 引自《紅與黑》，上海譯文出版社，1989 年 6 月，郝運譯，第 22 頁。

章節。卡西莫多[57]讓我們見到他時，雨果已經將《巴黎聖母院》寫了 4 萬來字，將近 60 來頁。相比之下，拉斯柯爾尼科夫[58]倒是在小說的開始，就出現在了我們面前，「七月初的一個酷熱異常的傍晚，有個青年（拉斯柯爾尼科夫）從自己的斗室裏出來。」[59]這似是開門見山的小說開頭，其實都是為小說真正的開篇 —— 拉斯柯爾尼科夫舉起斧頭連續砸向房東老太婆的殺人事件的背景準備。而這個敘述鋪墊的人物心脈的背景準備，陀思妥耶夫斯基卻寫了 80 餘頁，將近 6 萬來字。這樣漫長的敘述與寫作之例，在 19 世紀的偉大寫作中，司空見慣，比比皆是。表面看，這是小說開頭的鋪墊與鋪陳，而其實質，都是寫作者對小說的時代背景（歷史背景、社會生活背景等）的必不可少的交代和陳述。無非這樣的背景陳述，有的作家是開始就對讀者攤牌交代，一如講故事的人，一張嘴就說：「這一天，天氣上好，萬里無雲。」或者說：「某某某走來的時候，雷雨交加、電閃雷鳴。」總之，說書人講到重要的人物出場時，不能不講到天氣和時間。而有的作家，是把時代、歷史諸背景，放到小說的中間去倒敘、插敘或回憶。如夏洛蒂和艾米麗姐妹的《簡·愛》與《呼嘯山莊》等；但在 19 世紀的許多小說中，尤其長篇小說那百年的寫作中，沒有時代的歷史舞台，將是不可思議的，也難成「史詩」的。而且，這種背景愈是強烈，愈是宏闊，史詩的可能性就愈大，並愈為讓讀者激動和頌揚。

---

57 卡西莫多為《巴黎聖母院》中的主人翁。
58 拉斯柯爾尼科夫為《罪與罰》中的主人翁。
59《罪與罰》，上海譯文出版社，1995 年 12 月，岳麟譯，第 1 頁。

在 19 世紀的寫作中，《羊脂球》是所有的短篇小說中對時代背景寫得最為詳盡、具體，並最有變化層次的一篇。分析這部短篇 —— 其實它有三萬餘字，依照今天我們中國對小說的分類，就字數而言，可謂是一部中篇小說，然在歐洲文學中，直到今天是都沒有中篇這一概念的。所以，人們永遠都視《羊脂球》和《變形記》這樣 3 萬來字的小說，為短篇小說。還有，那位獲獎的加拿大作家艾麗絲·門羅，被視為當今最優秀的短篇小說家，其實她的短篇，多在 2 萬多字或 3 萬來字，有的短篇，長達 4 萬來字，是地道的中篇寫作。而《羊脂球》亦是如此。沒有這個字數，它就無法詳盡而有層次地剝洋蔥般，一層一層地揭開其故事與人物的時代背景、現實處境和人物們之所以這樣，是因為那樣的家庭環境、人生經歷所造成的性格起源與變化之依據。

《羊脂球》是莫泊桑 300 多個短篇小說中最長的小說，也是故事、人物與命運起源、變化，乃至於在一個短篇中，對十餘個人物人性的揭示最為深刻、細膩而準確的小說。它成為世界短篇中名篇的名篇，也正在於他對小說人物所處的歷史與時代、現實與環境各種背景境遇的層層揭示和展開，從而使小說中人物的性格、情態、內心和來自靈魂的冷熱與醜惡，連其皺折的一波一紋，都刻寫得清晰而有條理，使讀者看到的不僅是一個個活生生的人，而且是一顆顆砰砰跳動的心臟和靈魂。

我們可以把《羊脂球》這篇小說中由大到小、由表及裏的時代背

景、社會背景，乃至於人物的家庭人生背景一一展開，並畫出一個圖表來，藉此更清楚地看出時代背景在十九世紀寫作中的佈景、背景的意義，和在這部小說中對故事、人物及人物內心的揭示、推進和演變的依據。甚至可以這樣說，推進《羊脂球》故事進展的不僅是人物的性格與事件，而更是那個時代與人物歷史背景的驅動和演進。

直言之，各種背景的揭示和敘述，則是《羊脂球》故事開始、發展、結尾的驅動機。如圖所示：

《羊脂球》故事的人物背景圖

第一層面

時代背景	普法戰爭失敗	法軍潰敗撤回盧昂市的慘狀 普魯士軍隊挺進佔領盧昂市

↓

第二層面

	鳥先生	從事社會商業，為酒販子
因戰敗而聚在一起的各色人物之社會背景	鳥先生夫人	被酒店賺錢而鼓舞的商店權威
	迦來－辣馬東先生	商人、議員、榮譽軍團官長勳章獲得者和反對派領袖，政治投機人
	迦來－辣馬東太太	盧昂駐軍出身名門的官長的「安慰品」
	禹本爾・卜來韋伯爵	伯爵、紳士、參議員
	伯爵夫人	貴夫人
	兩位嬤嬤	同因肉體毀壞而成為聖徒而懷有吃人的信仰之心
	戈爾弩兌	民主人士的無黨派混混，被重要的社會人士視為社會的禍根
	羊脂球	妓女，「法國社會的羞辱」

↓

第三層面

各個人物的家庭與人生經歷背景	鳥先生	原是一個虧本東家的夥計，買了店底而發財
	鳥先生夫人	高大、強壯、大嗓子，暗示着鄉野無教養的家庭背景
	迦來─辣馬東先生	一個高尚的階級、棉花生意起家的奮鬥者，用無刃私劍攻擊對方並獲利
	迦來─辣馬東太太	和官長曖昧的關係是她人生的重要構成部分
	禹本爾・卜來韋伯爵	出身高貴世家，家族中因有一位夫人和國王亨利四世私通懷孕而被封爵，並使其丈夫成為本省巡撫
	伯爵夫人	小船長的女兒，曾和後來成為國王的路易・菲利普的兒子有過戀愛史
	嬤嬤	滿臉的麻子暗示着她可想的經歷和家庭背景
	另一個嬤嬤	「一個有過肺病的病態者」，同樣暗示了她可想的經歷與家庭背景
	戈爾弩兒	父親為糖果商人，給他留下豐厚的財產卻被他揮霍殆盡，最終成為酒徒和政治小丑與流氓
	羊脂球	最底層的被羞辱的社會人

這樣一張圖表，把小說的時代背景和人物的社會與家庭人生背景分列出來後，就完全可以看到真正故事中人物變化、故事遞進的層次和推動力，皆是因為其背景所致而引發，而且這些變化的步伐、節奏、方向與程度，皆是由這些背景推動並決定。

第一步：因為普法戰爭的失敗，而使各色人物，在往日不可相聚的相見中，坐進了同一輛離開盧昂到哈佛爾港口的馬車。

第二步：因為每個人都認為自己的社會地位高於羊脂球這個妓女而對她都抱以不同的冷漠、不屑和疏遠。連嬤嬤們對她都沒有主動的親近與熱情。

第三步：因為飢餓，而車上只有羊脂球帶有許多吃的供給大家時，每一個、每一種人都因自己身份的不同，以不同的方式接受了羊脂球無私的饋贈，而同時開始對她有好感並高看，甚至在羊脂球感到寒冷時，卜來韋夫人還把自己的袖珍手爐送給她取暖，從而使這個車上的十個人，顯示了一個家庭樣的平等和互愛。

然而，故事在這兒急轉直下，馬車行走了13個小時到了普魯士軍隊控制的多忒鎮，他們不得不住下，不得不接受普魯士軍官的身份檢查後，年輕、漂亮、豐潤、性感的羊脂球被普魯士軍官看上了。這位軍官要求羊脂球必須和他發生兩性關係後，他們的馬車才可以在第二天繼續上路去哈佛爾。

可是，羊脂球拒絕了普魯士軍官的這種要求。於是這輛馬車就被一日日地扣留在旅館裏。到這兒，每一個人因為自己的身份背景而不同，又有了各種嘴臉的變化和異樣。

第四步：那個所謂無黨派民主人士的混混，將自己父親留給他的家財揮霍一空的酒鬼、流氓戈爾弩兒在羊脂球拒絕和普魯士軍官睡覺時，卻要求羊脂球和自己睡覺。羊脂球不同意時，他竟會說，「你真沒有想通，（這種事）對你算個甚麼呢？[60]」

而這一羣所謂有錢的商人和貴族，以為普魯士軍官不讓他們離開，是為了他們的錢財，都紛紛把自己帶的黃金、首飾、手錶藏了起來，都裝出窮人的模樣。可當最後明白了普魯士軍官無非是想和羊脂

球睡一覺時，竟都和流氓戈爾弩兌一樣，各自依着自己的身份和背景，開始各懷鬼胎而又方向一致了。

靠狡猾和倒賣酒發家的商人鳥先生，竟想到出賣羊脂球的伎倆，去向日爾曼人建議把羊脂球扣下來，而讓大家離開。

而低俗霸道、沒有受過甚麼教育的鳥夫人，在丈夫的伎倆沒有得逞後，竟暴怒起來。她的暴怒不是指向普魯士軍官的無恥，而是指向就是妓女的性交也有底線的羊脂球：「即然和一切的男人都那麼幹，本是她的職業，這個賤貨的職業，我認為她並沒有權力選精擇肥。[61]」

而伯爵，因為自己是貴族世家，身為紳士，雖希望羊脂球隨了「民意」，卻也還要她自願為好。

那位榮獲過榮譽軍團勛章的商人、議員，一生都在用無刃的禮劍在巧取的迦來—辣馬東，則在這全部的過程中，不斷給大家分析軍事的形勢：倘若法軍從另一地方的吉艾卜開來反攻，這個大家滯留的多忒鎮，將是一個新的戰場。所以，大家必須越早越好的離開。從而，也使所有的人，都認為羊脂球去和普魯士軍官睡覺，不僅是應該的，而且是迫在眉睫的。

還有那些女人們，除了以各自的身份對戰爭和羊脂球獻不獻身做出各種各樣的反應和評價外，竟還對普魯士軍官有了對騎士一樣的好感。至於那兩位嬤嬤，也認為上帝可以稱讚羊脂球動機純潔為公的妓行。

---

61 《莫泊桑短篇小說全集》第三卷，第 317 頁。

如此，羊脂球最後終於為了大家，在痛苦的夜裏，去陪睡了那個普魯士軍官。

第五步：得知羊脂球終於去和普魯士軍官睡覺時，各色人等，依着身份背景，在旅館有了一場解放般的暗喜和歡愉。

第六步：因羊脂球的肉體與靈魂的傷害，在多忒的旅館滯留六天後，大家重新得救上車，每個人都恢復到原初自己貴族、議員、商人等各色身份之中，重新開始了對羊脂球這個妓女、賤人的冷漠和無言的羞辱。因為，說到底她是一個妓女，是和大家不一樣的人。所以，當大家都在車上吃着自己在旅店準備充足的美食和喝着紅酒時，沒有一人多看羊脂球一眼，沒有一人惦記着她為了大家，從旅店匆匆出來，是沒有準備一丁點食物的。最後在馬車上的口哨聲中，羊脂球始終都在含淚哭着，並不時發出忍不住的嗚咽。

小說到此結束。故事依序遞進，人物們的行為和內心，層層揭開和展示，每一層，每一進，莫泊桑都沒有忘記這部小說所有的演義與變化，人物所有的言行與表達，都是從大的歷史背景走向小的人物的社會背景，再由人物的社會背景，深入至人們的家庭和人生之過程。只不過，歷史背景的普法戰爭是作家在開篇集中筆墨交待敘述的，而其它 —— 人物的社會、家庭、經歷之背景，是在之後人物出場時，混合交叉，或繁或簡的交待敘述的。而到馬車離開盧昂市，故事、人物一步步的進展和變化，又都完全是依着那些背景展開和推進着。

《羊脂球》這部小說，可以說是各色人等的個人故事，也更可以

說，是各色人物在各色背景下靠着各種背景演義、推進的各色人物的共有故事。若沒有那些背景的存在，也就沒有這些人物，沒有這個故事，沒有這部名篇中的名篇。

●

　　現在，有一個問題出現了。

　　既然《羊脂球》這篇小說的每個人物都有自己的社會角色、家庭背景、人生閱歷，所以，他們的性格、內心、靈魂是不是和普法戰爭這個大的歷史背景就沒有關係呢？因為沒有普法戰爭在盧昂的狀況，他們這些人物從本質上不還是那個樣子嗎？換句話說，普法戰爭的背景，只是把這十個人物戲劇般的聚集在了一起，而沒有這場戰爭，可有一場別的災難，如水災、旱災，或如《十日談》一樣的鼠疫，不也同樣可以把這十個人物聚集在一起嗎？

　　是這樣。單從故事、想像、虛構的角度，是可以設想另外一場災難所致，同樣可以把這些各色人等聚集在同一輛逃難的四輪馬車上。那麼，這個普法戰爭的時代背景就和這個故事真的是不可分割，魚水而一嗎？一定是如我說的那樣，時代背景是人物命運必然的舞台與舞池？人物生命必須的土地與草原？不要談論狄更斯的小說與他所處的時代之關係；不要談論《人間喜劇》與巴黎社會的現實之關係；更不要說雨果的《九三年》與法國大革命之關係。十九世紀的寫作，從整體上說，如果故事不和人物所處的時代或現實發生聯繫，就幾乎沒有文學整體的存在。這就是我們今天讚成或反對的宏大敘事的根基。更

何況《羊脂球》的寫作，本身就帶有我們常說的「命題作文」的嫌疑。

1877 年，大作家左拉因為《小酒店》的成功，高舉起了「自然主義」的文學旗幟，成為這一流派的領袖，經常在他的寓所召集信奉自然主義的青年作家，談天說地，討論文學。而這幾個青年作家中，就有小他整整 10 歲的莫泊桑。1879 年夏天，在左拉的號召下，他們六個作家，商定都以 1870 年的普法戰爭為背景，每人各寫一篇短篇小說，最後結集出版。這本小說集叫《梅塘晚會集》。因為當時左拉住在巴黎郊區的梅塘別墅。他們是在這梅塘別墅討論文學，商議各寫一篇有關普法戰爭的小說的。《羊脂球》就是莫泊桑為這次「命題」所交的作業。次年，這部小說集出版問世，《羊脂球》轟動一時，大獲成功，使他從這一青年作家羣中脫穎而出，從此開始了他一發不可收拾的專業寫作。從這寫作過程看，普法戰爭作為背景存在，我們就不難理解《羊脂球》的開篇，莫泊桑為甚麼那麼詳盡地向我們描述了 3500 來字的戰爭背景和戰爭在盧昂的情況。那麼，為甚麼在閱讀整部小說時，我們並不特別覺得這個背景是多餘的，或者和小說故事相隔呢？這就是莫泊桑的功力之所在，是這篇小說背景的妙處所在。

為甚麼？因為，莫泊桑在通篇的故事構思和講述過程中，從來沒有偏離過普法戰爭這個大背景，人物永遠是在這一舞池中蹦躂和行動。故事的自始至終，都在這一背景下展開和推進。他介紹戰爭背景，如在舞台上描繪、拉開佔據整個舞台的佈景一樣，而每個人物的身份、地位、社會境遇和人生經歷，比起對時代 —— 戰爭背景的描

繪，則個個言簡意賅，三言兩語。照理說，這是現實主義寫作之一忌，因為你的敘述在很長時間中，是和人物無關的。然而，莫泊桑的能力與才華，也恰在此處顯露無遺。他有能力讓人物在三言兩語間，躍然紙上，生動起來。單從小說人物中被置於次要地位的幾個夫人言，鳥先生的夫人，「高大、強壯、沉着、大嗓子，而且主意又快又堅定，在那個被他（鳥先生）的興高采烈的活動力所鼓舞的店裏，簡直是一種權威。[62]」「迦來－辣馬東的太太比她丈夫年輕得多，素來是盧昂駐軍中出身名門的官長的『安慰品』[63]。」「伯爵夫人的氣概很大方，接待賓客的風度比誰都強，並且被人認為和路易·菲利普（後來的國王）的一個兒子曾經有過戀愛的經過，因此所有的貴族都好好地款待她⋯⋯[64]」三位夫人，每人寥寥數語，就這樣被年僅 29 歲的莫泊桑勾勒得清晰可見，相貌、出身、品行、性格，都如人物畫中的素描線條，簡潔而清晰。而莫泊桑在寫作中所節餘下的筆墨，都用來對戰爭引發出的社會狀況，進行了油畫般的重彩描繪，這就使得我們不覺得時代的這個戰爭背景，在小說中隔離和浮飄。因為所有的人物，在這個背景上都是活而生動的。如中國山水畫中的大山和奇峯，在一張紙上顯得灰暗、沉悶，宛若冬日間荒寂的死的山脈，但當畫家在那山上、樹下又輕輕一點，畫出了一個牧童或兩個下棋的老者時，整個畫就活了起來。那山脈、林木也因為這牧童人物而活了起來了。這就

---

62 《莫泊桑短篇小說全集》第三卷，第 291、292 頁。
63 同上。
64 同上。

使得龐大的時代背景活而生動，不令讀者生厭的原因之一。

其二，故事的進展，到了馬車遲遲行至多貳鎮，普魯士軍官的出現，成為這個戰爭背景完全具體化的開端，使得整部小說的背景，如同黑色融入黑夜一樣，水乳交融，再也不再是背景的意義。並且，普魯士軍官的行為 —— 要求與羊脂球發生關係的這種獸性惡行，和前文中不惜筆墨描寫的戰爭狀況，完全構成呼應。加之，在故事中，幾乎所有的場景和人物的談話，都與戰爭相關。這就使得這部完全寫人的小說，也成為了一部「准戰爭小說」，從而使歷史與時代的背景，一邊成為人物與命運的舞台，另一邊，也成為故事、人物完全生成的生命之土壤。使得我們並不以為左拉和莫泊桑是為了寫這場戰爭才寫這部小說的，而是因為有了這場戰爭，讓他們認識到人性在戰爭狀況中無遺的暴露，從而不得不寫這部小說；不得不寫那場人類史上非同一般的普法戰爭。

其三，在《羊脂球》中的十餘個人物裏，應該說普魯士軍官是最為簡單、甚至臉譜化的一個。但是這個人物的存在，遠比小說中除羊脂球外的任何其他人物都更為重要和有着故事演進的意義。因為他的出現，使得這篇小說開篇三千多字的背景敘述，變得恰當、宏闊而必不可少。因為他的出現，使得小說的故事、結構有了轉折和轉折中恰如其分的連續與焊接。也使所有其他的人物在故事中獲得了變化、豐富和深刻，使得人物的靈魂，可以藉此展現並顯出最深處的幽暗與悲哀。在人物的意義上，對於寫作來說，往往一個非常次要、不起眼的

人物，會成為所有重要人物行動的開關；成為其他人物高遠或幽深的支點或跳台。這是寫作中的另外一個問題，而在這兒，我想說的是，普魯士軍官作為人物 ── 哪怕是簡單、臉譜化的人物，他在故事中的出場，讓《羊脂球》這部小說中那巨大的歷史與時代之背景，變得具體、實在，並且讓這種背景成為了小說之本身，不再單單是背景的意義了。

讓時代或歷史背景成為小說的本身，而不僅是舞台和舞台之幕布的存在，這是所有關心歷史、現實和時代的寫作的難度和考驗。十九世紀偉大的作家，無不是在此做出努力並取得成功的人。而在短篇寫作中，這更是一種挑戰和危險。然而莫泊桑，在此完成了這一點，給我們提供了可資借鑒的經驗。所以，莫泊桑在他一生的寫作中，是因為有了《羊脂球》，才有了後來的莫泊桑。也是因為有了莫泊桑後來大量豐富的短篇之寫作，也才讓《羊脂球》成為一個世紀裏短篇星海中最為明亮碩大的「海洋之心」。

2016 年 1 月 29 日 於北京

第

七

講

世俗世相

：

文學中精神萬物與真實生長的根本土壤

　　與其把小說的語言上升為藝術至高的境界，我以為，不如把寫作中人間的世俗與世相，上升為至高的境界。

　　我們注意到一個事實，在中國的四大名著中，《水滸傳》《三國演義》和《西遊記》，是可以在任何地方讓說書人和愛講故事的人以故事的形式傳遞講說的，但這四部名著中的《紅樓夢》── 這名著中的名著，瑰寶中的瑰寶，是不宜當做「故事」在隨意一個地方去傳遞和講說的。《紅樓夢》的「故事」，只宜在心中去想，而不宜在嘴上去說。因為它是寫給人的心靈去「思念」的小說，而不是寫給我們的嘴巴去說的。這就是它們真正偉大和也還算偉大的差別。是「偉大」和「次偉大」的差別。世界上一切只能「想」不能「說」的好作品，都是因為精神大於故事、物事、情節的作品。而一切可以說的，「說出來」比「想出來」更為容易、輕鬆的作品，都是故事、情節、事件大於精神的作品。這就是作品與作品中精神含量的差異。陀思妥耶夫斯基的作品有甚麼故事好講？他寫了幾十萬字、上百萬字的一部小說，看起來讓你愛不釋手、揪心糾結，可講故事時三言兩語、七句八句，也就沒甚麼可說了。《追憶似水年華》，中譯本 7 卷 240 多萬字，要講故事時，你都不知道去講甚麼。

　　當然，也還有那種把故事和精神平衡得比較好的作品。在閱讀

中，你從那故事裏感受到了巨大的精神存在，可你明明非常好地把故事講了出來，可講出來之後，你發現你確實講的是故事，而非故事裏的精神。精神像倒出去的一盆水，流失了，發散了，不再存在了。如《巴黎聖母院》《悲慘世界》，奧斯丁《傲慢與偏見》，福樓拜的《包法利夫人》，哈代的《還鄉》等等，都是如此。到二十世紀的文學，這種情況更為突出，幾乎凡是好的，偉大的作品，你都感到在閱讀中有巨大的精神衝擊，可在講故事時，又發現故事索然無味，根本無法複述 —— 講其故事，就是對其小說的一種傷害，就是對寫作的誤解。究其原因，這種景況，除了小說中精神與故事含量的差別之外，還有一個因素，凡是含金量 —— 精神指數高的作品，他所寫的故事的場景、情節、細節又大抵都是非常世俗、庸常的細碎，非常的人間世相、炊煙裊裊。你說你在講故事中，講吃飯穿衣、油鹽醬醋、生老病死有人去聽嗎？能夠吸引人的耳朵不左不右嗎？能讓人的雙目之聚，總是在你的嘴巴、表情上面嗎？《水滸傳》之所以可以複述和講說，是因為它着力寫了人與人之間的打打殺殺，驚心動魄；《三國演義》之所以可以讓說書人乃至於鄉村根本不識字，只是有很好記憶力和複述能力的人代代相傳，是因為它着力寫了陰謀陽謀，環環相扣，跌宕起伏的情節連着節外生枝的意外，而這故事又是中國的一段被演義後的真實歷史。《西遊記》之所以可以反復講述和「說書」，是因為它的傳奇、神話和「九九八十一難」的難難不斷。可是《紅樓夢》寫了甚麼呢？一面是大觀園的驚豔奢靡，另一面是人物情感中的哭、

笑、糾結和日常中的吃、穿、用、建築、醫藥等等非常世俗的生活；一面是才子佳人的詩賦吟唱，另一面是這些人的感傷憂愁，是小彆扭、小矛盾和這些小傷小愁加在一起形成的人生大傷悲。

在我們所有的寫作過程中，英雄傳奇是容易落筆並被讀者接受的，可普通人為日常生活之憂傷，則是難寫並難以被人記住的。我們可以代代相傳皇帝的落難和軼事，如宋徽宗從地道裏出去幽會名妓李師師，但沒有人願意記住那些普通百姓的柴米油鹽與生老病死。也正是在這個意義上，宋時的名畫《清明上河圖》，顯出了它偉大的價值，因為張擇端把繁華大宋的市井生活和百姓的庸常世相留給了我們。大仲馬和小仲馬的差別，不在於誰比誰更偉大和經典，而在於在十九世紀的寫作中，大仲馬給我們提供了讀者可以圍觀的情仇恩怨，而小仲馬給我們提供了更容易讓我們心靈體驗的世人情感。

有一種小說是寫給人看的；有一種小說，是寫給人的心靈體驗的。這是兩類完全不同的寫作。當我們說「看小說」三個字時，其實已就把這兩類小說混為一談了。三十年代，張恨水的小說，是寫給人看的，是讓人在看中多少有所體驗罷了，而魯迅、沈從文、張愛玲、蕭紅、郁達夫等人的小說，不是寫給人看的，而是寫給人的心靈體驗的。是看並體驗，在體驗中去看，不是在看中去體驗。這中間除了小說的精神差別外，就是魯迅、沈從文、老舍、張愛玲、蕭紅等，他們都是寫的普通人的人生。寫了我們世俗社會最庸常的百態俗世。所有的好作品，幾乎都是如此，愈是偉大，也愈是俗世。愈是俗世，也才

更可能寫出人類共有的生存困境和人的精神高度與缺失。

我們注意，魯迅最好、最有精神含量的小說，《阿Q正傳》《故鄉》《社戲》《孔乙己》《傷逝》等，無不是最為日常、世俗的生活。這就是我們要說的一個問題：世俗世相，是文學中精神萬物與真實生長的根本土壤。

•

回到十九世紀的寫作去談論這個問題。

偉大的文學寫作，無不是來之俗世、去之靈魂的一個過程。一切文學精神的高度，都必然和人的世俗生活及百相百態相連繫。《卡拉馬佐夫兄弟》那麼偉大的小說，分析它的故事線索，無非是老卡拉馬佐夫與他的三個兒子米卡、伊凡及小兒子阿遼沙四個男性與充滿慾望又美麗、野性的女人卡捷琳娜‧伊凡諾芙娜之間複雜的關係和這種關係映照出的各樣的人性與心魂。尤其是父親與大兒子米卡對這個女人的爭奪，構成了小說最為重要的線索。也正是在這條慾望、庸俗、黑暗的線索上，寫出了二兒子伊凡對世界的懷疑，寫出了三兒子阿遼沙明淨的靈魂以及其他人物羣的百態世相。可以說，《卡拉馬佐夫兄弟》是陀思妥耶夫斯基最寫出人類的靈魂 —— 人類靈魂的兩面性最複雜的作品，而其產生這些「靈魂兩面性」的生活底色和人物精神的種植地，卻恰恰是人類生活中最庸俗不堪和庸常、灰暗的那些性、慾望、金錢等最為不登高雅之堂的黑地土壤。這一如卡西莫多的美和內心的高尚，全部相關於他的醜陋和不堪。美國作家霍桑的《紅字》，是我

較早看到最直接描寫宗教題材的小說。《紅字》中的宗教，不是如俄羅斯那些偉大的作家和作品，宗教只是那些故事中的人物、事件的源起和背景。《紅字》的故事，直指宗教的真偽，海絲特·白蘭和牧師丁梅斯代爾的私通，像教堂的頂上舉起的不是一柄十字架，而是用力下插的一柄利劍。這一私通的關係，昭示了「人的罪惡」和宗教的偽善。但從宗教來說，正因為這些罪惡的存在，才顯示出懺悔精神的永恆。這部小說不像其他十九世紀偉大的作家那種寫實與寫俗世的現實主義作品那樣，它浪漫，也不乏駭世的「傳奇」。然而，正是這種「私通」的人類最庸俗世俗的關係，構成了人與人之間最黑暗的罪惡與真實。從而讓我們從「庸俗的罪惡」中，體會到靈魂中最寶貴的東西 —— 海絲特·白蘭受盡恥辱，拒不供出自己心愛的教長丁梅斯代爾。而丁梅斯代爾作為秘密罪人的存在，最後走向自首的對罪惡的擔當，以及海絲特戴着恥辱的標記 —— 紅字，所行的一切善為，都淋漓盡致地抒寫了人類的靈魂與精神的困惑、絕境和新的道德的可能。

歷閱世上所有偉大的作品，無論十九世紀還是二十世紀，都在證明着這樣一種較為普遍的寫作規律：世俗庸常的百態生活，是文學精神高度、高尚的起源乃至最根本、最真實的種植土壤。而說到人類高尚的精神和最光明的理想與世俗庸常的土壤關係，我個人的閱讀偏見與經驗，總是以為那些宗教題材或與宗教相關的小說，才是這方面最有力的佐證。因為，所有宗教最基本的特點和共性，就是讓教徒和世俗生活保持警惕的距離，以使自己獲得更純粹的神的旨意和靈魂的精

神生活。所以，在這類小說中，精神與世俗的關係，才真正如墮落與理想、暗夜與明光及踏遍人世腳跡的塵土與罕見豔麗到炫目之美的極花之關係。繼《紅字》之後，在我的閱讀範圍內，讀到的真正正面寫宗教題材的小說 —— 寫得好並堪稱傑作的有陀思妥耶夫斯基的《卡拉馬佐夫兄弟》，美國作家辛格的《盧布林的魔術師》，日本作家三島由紀夫的《金閣寺》，英國作家格雷厄梅·格林的《權力與榮耀》，以及幾年前才遲遲翻譯到中國的另一位日本作家遠藤周作的《深河》與《沉默》等。當然，在中國作家中，還有汪曾祺的一個短篇《受戒》。《受戒》確實是一個好短篇，但要和上述作品同文並道，就實在有文學上狹隘的「愛國主義」之嫌，無異於硬要把路邊的一朵小花和碩美的玫瑰相提並論。

在上述的長篇中，共同的相似性，或說規律性，就是沒有一部小說不是把人的精神之光 —— 靈魂的輝煌，種植生長在人類最世俗、庸常乃至不堪的世俗百態的生活上。《盧布林的魔術師》中的魔術師，一邊糾纏於欺騙、說謊和許多女人的不倫不類的關係中，另一邊，又念念不忘宗教精神對人的意義。《權力與榮耀》中的神父，一邊虔誠佈道，又一邊為自己不能擺脫酗酒而終日苦惱；一邊每天都生活在神的靈魂的世界裏，又一邊為與女人的那種曖昧關係並有了私生子的存在（又是《紅字》中的那種關係和私生子）而矛盾、糾結到恨不得把自己的靈魂，從大腦中如抓一把泥漿、糞便一樣抓出來甩在對面的牆壁上。實在說，格雷厄姆·格林，有這一部具有靈魂之光和精神高度的

《權力與榮耀》，已足可以讓他擠入世界偉大作家的行列，可他這人，又那麼勤奮，同時又寫出了那麼多的無聊之作，結果讓人再讀他的如《布萊頓棒糖》那樣的好小說時，也變得有些索然無味。所以，閱讀格林的小說，你一定要先讀《布萊頓棒糖》，再讀《權力與榮耀》，這樣，你就能一連讀他兩部或多部好小說。反之，就有可能僅讀他這一部傑作，就對他別的小說失去了興趣。說《權力與榮耀》，那確是一部讓人愛不釋手、把世俗與精神扭結在一起如藤蔓死死和樹幹纏在一起完全無法剝開的完美之作。當我讀到神父被無神論者和軍人連續數年四處追殺，在像是國界邊的森林之中無處逃遁時：

> 他被黑暗和鬱熱包裹住，好像陷在一個礦井裏。他正走向地底，把自己埋葬起來。前面馬上就是他的墳穴了。
>
> 當一個扛着槍的人迎着他走來的時候，他沒有作出任何反應。這個人極其小心地走近他。他想，在地底下是不會碰到人的。那人緊握着槍說：「你是甚麼人？」
>
> 神父告訴他自己的名字。這是十年來他第一次告訴一個陌生人自己的名字。他非常非常累，覺得再活下去已經沒有甚麼意義了。
>
> 「你是一個神父？」那人吃驚地問。「你是從哪兒來的？」
>
> 神父的腦子又清醒了一點兒，逐漸回到現實世界。他說：「你別害怕。我不會給你帶來麻煩的。我走我的路。」他鼓起最後一點勁，繼續邁動兩條腿。一張疑慮的臉在他昏昏的頭腦裏閃現了一會兒又重新隱去。不會再有人被抓去做人質了，他寬解自己說。腳步聲跟在他身後；他像是一

個危險人物，一定得被送出自己的地界人家才肯轉身回家。他又一次大聲說：「放心好了。我不想停留在你這兒。我甚麼也不需要。」

「神父……」背後的聲音說，那聲音聽來很謙卑，充滿焦慮。

「我馬上就離開這兒。」他掙扎着跑了幾步，卻發現自己已經突然走出樹林，來到一塊長滿青草的坡地上。坡地下邊有幾座土房，燈光閃爍。樹林邊上佇立着一棟高大的白色建築物──那是兵營嗎？駐紮着士兵嗎？他說：「他們要是看到我，我就投降。我跟你說，我不會給任何人再帶來麻煩的。」

「神父……」他的腦袋一陣劇痛，跟蹌了幾步，連忙扶住牆壁不叫自己摔倒。他感到非常非常疲倦。他問：「這裏是兵營嗎？」

「神父，」那個聲音說，聲音裏流露出困惑和擔憂。「這是我們的教堂。」

「一座教堂？」神父不相信地用手摸着牆壁，像盲人一樣辨認一幢房屋。但這時他已經精疲力竭，甚麼也摸不出來了。他聽見那個帶槍的人在叨唸：「真是我們的榮譽，神父。一定得把教堂的鐘敲響……」他突然兩腿一軟，一屁股坐在積水的草地上。他的頭倚在刷着白灰的牆壁進入夢鄉，他的肩膀靠着的是他的家。[65]

這樣一段質樸、不安的描述和對話，實在讓人窒息。讓人感到神父被放逐和自我放逐的靈魂和精神，是那麼的靈魂焦慮，也是人的

65《權力與榮耀》，上海譯文出版社，2008 年 1 月，傅惟慈譯，第 221–222 頁。

肉體的不可承受。所以，他反復地要問，前邊白色的房子是軍營嗎？有士兵嗎？是軍營、有士兵了我就投降，我不想給任何人帶來麻煩。而當那扛槍人對他說，「神父，這是我們的教堂」後，「他突然兩腿一軟，一屁股坐在積水的草地上。他的頭倚在刷着白灰的牆壁進入夢鄉。他的肩膀靠着的是他的家。」—— 那一刻，牧師肉體的疲勞與安落，終於使他在世俗中開始使自己的靈魂與精神進入夢裏的「叮叮噹當的鐘鳴和歡聲笑語[66]」時，對讀者說來，不是那種感慨的落淚，而是感到靈魂與世俗合而為一升騰的美好。

與此相似的，還有日本作家三島由紀夫的《金閣寺》和遠藤周作的《深河》與《沉默》。這兩位作家，後者比前者大兩歲，他們的三部小說，都直接取材於宗教題材。三島的《金閣寺》出版於 1956 年，遠藤周作的《沉默》卻出版於《金閣寺》問世的十年之後。而《深河》，則又晚到 1993 年，比《金閣寺》更是晚了 37 年。就是和他自己的《沉默》的問世時間，也相差 27 年。從這個時間跨度去說，《金閣寺》的影響在世界上大於後者是情之使然，理之應當。然而，當今天我們把這三部作品放在一起去比較和同時閱讀時，我自己不免覺得《金閣寺》的過分抒情和簡單。而那種日本美的抒情和簡單，也源自《金閣寺》與人類的世俗生活，過分地保持了警惕的距離。而《沉默》和《深河》的偉大，尤其《深河》中所呈現的遠比《金閣寺》更為複雜、深刻的人類靈魂的精神之光，則恰恰源於《深河》同人們的世俗庸常的

---

66 同上，第 222 頁。

生活和對生與死最為塵世、普通、普遍的認知，是完全的同步同根，如巨大的菩提聖樹，恰恰是紮根在最俗世人羣腳下的塵埃之中。

·

當我們談論人類的世俗世相，是文學中精神萬物生長的根本土壤時，我們發現了這世俗世相另外一個層面的意義 —— 它若不是惟一的一份證明文學「真實」的證書，那麼，在文學「求真」的法庭上，它也是最為有力的證據。尤其當文學面對浪漫、傳奇和戲劇性的到來時，惟一可以讓讀者認同這種浪漫、傳奇與戲劇性是「真的」，而非「假定」「虛構」「編造」的，那就只能有「世俗世相」出面作為證據和證詞。蘇珊·桑塔格說：「文學惟一的責任是真實。」在這兒，無論她說的是面對生活本質的真實，還是寫作者面對讀者，必須完成的來自於虛構和想像的文學性真實，但有一點，無論作家或讀者，所要求的真實，是一個共同的追求和目的。真實倘若不是所有作家的最高目標，那它一定也是所有文學作品不可突破的最低的底線。倘使誰的寫作突破了這一底線，讀者就將棄他而去。在小說、電影、戲劇的創作過程中，由於故事在文學中的不可忽略的地位，伴隨故事到來的衝突、矛盾、戲劇性乃至傳奇性，常常在「真實」面前如履薄冰。「真實」是故事的一面鏡子，也是拿在讀者手中而作用於作家的「緊箍咒」。一切的作家、作品與主義，都無法逃開這面鏡子的映照。因此，人們的生活經驗，尤其那種最大公約數的生活經驗和情感經驗，成了應對這面鏡子的法寶。也正因為這個緣故，世俗世相所具有的幾

乎所有人 —— 人類間所有人共同經驗、經歷的特徵性，就成為了文學中精神萬物和真實生成的根本土壤。因此，它也就成了幾乎所有作品真實的證據和材料。

舉一個就是以閱讀為敵人的人也可能知道的例子。《泰坦尼克號》中男主角傑克與女主角露絲的愛情故事不可謂不浪漫，不可謂不傳奇。他們彼此之間家庭、地位、文化、修養的懸殊，如同天空的白雲與地上的塵糞。然而，是甚麼把他們連接在了一起？是甚麼讓我們相信了他們相遇、相愛的「真實」？正是我們這兒說的人和人類所有人共同都有的世俗庸常的世相「經驗」—— 大家都知道，在電影的開始，露絲和傑克相遇時，他們站在三等艙的船邊，面對大海，傑克在教露絲如何捲起舌頭，把口裏的痰液，用力向大海吐去的細節。這個細節，不光是交代了他們彼此的身份和教養，同時，更為重要的是，電影用這一幾乎所有人都有的世俗經驗 —— 吐痰，向我們完成了一種「真實」。為甚麼說它真實，因為這個吐痰的經驗，幾乎人人都有。因為人人都有，它就必然是庸常、大眾而世俗的。還有一個例子，來自內地的同學都知道，去年《羋月傳》電視劇在內地收視率的火爆，是近年內地電視劇中的翹楚。在這部電視劇中，小羋月和她後來成為皇后的宮鬥敵人的姐姐，在兒時初遇時，有一句經典的台詞和細節。來自民間的羋月問她宮中的姐姐說：「你會放屁嗎？」於是，小羋月用嘴伏在自己的胳膊上，作出「放屁」的吹響。這個細節，不說完全來自於傑克與露絲的吐痰，也至少可以說明一點，世俗世相之經驗，

使一切不可能的傳奇與浪漫，都變得可能和真實。至少說，世俗世相在作品中的意義，是解救傳奇、虛假的一劑最有效的良藥。

波蘭作家雷沙德·卡普欽斯基是個傳奇的人物，他一生經歷了27場革命和政變，四次被判死刑，寫過二十多本文學作品，其中有一本是《皇帝：一個獨裁政府的傾覆》，記錄了埃塞俄比亞「末代皇帝」海爾·塞拉西的統治興亡的過程。作為一部小說或非虛構的作品，它其中蘊含的對獨裁的批判力無話可說，但作為一篇小說，它的藝術性和拉美作家馬爾克斯的《迷宮中的將軍》，危地馬拉作家阿斯圖里亞斯的《總統先生》，略薩的小說《公羊的禮物》等作品不能相提並論。拉美那個領域，幾乎就是作家藝術地描寫獨裁者的一塊福地。如果一個作家，沒有在作品中描寫、批判過獨裁者，那麼這個作家一定有甚麼問題。至少是一種寫作的缺憾。但《皇帝：一個獨裁政府的傾覆》這部小說，在經過可以想像的獨裁、專制、奢靡和濫殺被政變的叛軍推翻之後，卻有一個超出常人寫作和想像的細節 ── 皇權專制被推翻了，皇帝被持槍的士兵帶走了。當皇帝海爾·塞拉西這位曾經的衞國英雄，後來的獨裁者被帶往審判之地時，他站到拉他的大卡車面前，對押解他的士兵說：「你們就讓我坐這大卡車嗎？」

而士兵對他這個問題簡直覺得不可思議。皇帝在被押走審問時，他對押解他的士兵竟然讓他坐一輛破舊的卡車 ── 不是豪華的轎車，不是專列或專機的疑問，一下把海爾·塞拉西這位皇帝奢靡、傳奇的人生，從我們常人無法體會的雲端，降到了我們可以體會的塵埃的

大地。於是，這個人物落地了，真實了。作為一部極其傳奇的人物的傳記人生 —— 哪怕你本就是一部紀實，也最終和塵埃的世俗融為一體了。

· · · · · ·

回到我們討論的十九世紀的文學作品上。回到英國作家托馬斯·哈代的寫作上，這位出生於十九世紀中葉的小說家，一生寫了十餘部長篇，他最偉大的作品是《還鄉》和《德伯家的苔絲》。和所有的大作家一樣，他深明世俗世相對文學的精神萬物的生長意義。深明世俗世相對過分戲劇、傳奇類故事的「真實」的證據的意義。他的短篇代表作《三怪客》，幾乎就是這方面最為鮮明的典例。在這篇小說中，故事的地點 —— 發生地是人跡罕至、荒蕪無邊的一間孤零零的牧羊人的茅屋。本來，這個故事發生地都已經偏離城鎮和人羣，帶有稀少、傳奇的色彩，接下，在這兒發生的故事就更為傳奇、巧合，過分過度的戲劇性，幾乎讓我們無法相信這個故事的真實：

一個第二天就要走向絞刑的死刑犯越獄逃走，在一個風黑天高的大雨之夜，不得不來這座孤零零的茅屋中避雨。這是第一個在雨夜來到這茅屋的客人。接着，來了第二個客人。而這第二個客人，正是第二天要到監獄執行絞刑的劊子手。因為劊子手和逃犯素不相識，天黑風高，大雨連連，他到茅屋之後就和逃犯坐在一起，抽煙、喝酒、聊天。一個是死刑犯，一個是要對他執行死刑的劊子手，兩個人坐在一起說這說那，這個情節巧合嗎？戲劇、浪漫嗎？如果僅是如此也就算

了，我們可以把這段故事和情節當作一幕獨幕戲劇看看就行了。可在這轉眼之間，天黑風高，大雨連連，又來了第三個路過這兒來避雨的客人。這第三個客人是誰？是第一個客人 —— 那個死刑犯的弟弟，為了明天哥哥受絞刑死亡之後，他好到刑場去收屍，把哥哥的屍體拉回家裏去。天黑風高，大雨傾盆，他路過這一間茅屋，不得不到這兒避雨休息。可是，他剛踏進屋門，就看見自己將要死去的哥哥坐在茅屋的一角，看見將要把哥哥的脖子絞斷的劊子手，坐在哥哥對面，二人互不相識，聊天、烤火、抽煙、喝酒。於是，他驚呆了。

原來他站着害怕得甚麼似的 —— 他的膝蓋抖顫着，他扶在門閂上的手顫得門都動得響起來。

他的沒有血色的嘴唇張開了，他的眼睛盯着那在屋中興高采烈的劊子手。再過一會兒，他轉回身，關上門，逃跑了。[67]

這就是《三怪客》的基本故事。這樣說來，它其實不是一個小說的故事，而是以雨夜的茅屋為舞台所演出的一幕充滿巧合和戲劇性衝突的戲劇。可是，當我們去認真閱讀這篇小說時，我們卻沒有覺得它巧合、虛假和因為過度的戲劇性而讓人覺得胡編亂造的失真。那麼，是甚麼完成了這個戲劇性故事的真實感？正是我們說的世俗與世相之生活。是我們人人都可理解的人世生活中的凡俗、習慣、人們日常、

---

[67] 《世界短篇小說經典》（英國卷），春風文藝出版社，1994 年 11 月版，顧仲彝譯，第 106、107 頁。

自然的相聚和場景。請注意，《三怪客》中的故事是那麼的尖銳、突兀，如同大地上突然隆起的山峯和沙漠中的樹。然而，在小說家哈代的筆下，在《三怪客》這篇小說中，哈代真正着筆用力的地方、真正用墨用色的地方，卻並不在這個三個奇怪的客人身上，而是在這故事以外的那間茅屋和茅屋的主人，以及茅屋周邊的牧羊人的鄰居們。小說的開始，作家用很長的篇幅寫了英國西部農業區為甚麼會有這樣孤零零的茅房，如同莫泊桑在《羊脂球》中詳盡地描寫普法戰爭的背景一樣。接着，他開始寫在這偏僻的農業區，房屋的主人為了慶賀自己第二個女兒降生後的起名與洗禮，招集周邊鄰人們都到他家慶賀飲酒，唱歌跳舞。這是一種古老的為孩子出生洗禮的儀式，如同我們中國人為新生嬰兒慶滿月、做百日、賀週歲一樣，邀朋請友，親戚鄰居，都要藉此吃喝熱鬧。接着，在這個世俗的習慣中，作家用大量而細膩的筆墨描寫的是這牧羊人作為主人的忙碌和十余位相鄰客人們在這兒的各種日常和細碎，他們怎樣唱歌、跳舞，怎樣飲酒、歡樂。一位五十幾歲剛訂婚的老人怎樣在他未婚妻面前的不安。一個十七歲的男孩，怎樣被一個三十幾歲的女舞伴所迷住而拿錢去賄賂音樂家不要把音樂停下來，以使自己可以和舞伴多跳一會舞。牧羊人男主人的大方，女主人的節儉……如此等等的習慣和世俗生活的場景，這才是小說最為用力描寫的地方：

> 屋內團聚着十幾個人。內中女人五個，穿着各色鮮明的衣服，沿牆坐在椅上；怕羞和不怕羞的姑娘們，都擠坐在沿窗的長凳上；四個男子內有

木匠查理・約克，教堂書記伊力亞・紐，鄰近牛乳廠的主人，牧羊人的岳父約翰・匹卷，躺在靠背椅裏；一個小夥子跟一位姑娘，兩人紅着臉，在屋角的碟櫥下，羞澀地討論終身大事；一位五十多歲剛訂婚的老人，不安地在他未婚妻面前踱來踱去。享樂是普遍的，而尤其是在這不受習俗拘束的今晚上。相互的信任和好感產生了圓滿的舒泰，又沒有處世的正經心事（這除了極富或赤貧的人之外，一般人在享樂時往往會煞風景的），因此優閑的態度，貴族式的雅靜安詳，傳遍了大部分的歡宴者。[68]

　　哈代自稱自己是寫「性格和環境小說」的人。而在這篇小說中的用力與精妙，使我們在閱讀中並不感到那先後到來的「三個怪客」才是故事主角。而這些在世俗中對寂寞和生活保持着一腔熱情的人們，才是小說的主角。也因此，直到這一萬多字的小說結尾，我們也才看清生活背後的生活，主角背後的主角。正是這樣，《三怪客》的小說有着「雙層」的生活和「雙層」的主角。第一層的生活（環境）是牧羊人們世俗、熱烈而溫暖的人間煙火；第二層——那被第一層包括和遮掩的才是三怪客彼此間奇特、寒冷的人與人間關係和法律的粗疏與冷酷。那麼，作者真正要講的是甚麼呢？當然是第二層的寒涼與冷酷，是作家對法律粗疏、不公的嘲笑和批判。可怎樣去完成這一深層故事——人與人間關係的冰寒的描寫，作家輕鬆、自如、從容地通過第一層世俗生活逼真的描繪，從而化解了第二層人與人間冰冷關係

68 同前，第 96 頁。
67 同上。

的巧合、傳奇的失真。這就最好不過地完成了世俗世相對傳奇「真實」的稀釋和證明，使最真實的世俗生活，成為最傳奇的故事最真實的土壤，一如你寫一塊淩亂、骯髒的土地上開出一朵、幾朵奇花異草，或者是最整齊肥沃的土地上，播撒了飽滿的種子，卻長出一片野草的荒蕪，有誰會懷疑你寫的奇花異草或野草荒蕪的真實？但這前提是，你必須寫出人人都可以看到並可感受、體味的那片真實的土地 —— 世俗與世相。

因此可以說，對於小說家而言，在某些寫作中，不怕你的世俗性，更怕你脫離世俗而空泛的高尚。寫作中沒有世俗的經驗，精神只是離開地面空轉的輪子。正因為這樣，哈代在小說的最後告訴我們他的小說完全是一則傳奇：「牧羊人番納爾和他節儉的妻子的墳墓上，草早就青了；參加洗禮宴會的客人也大半跟着進了墳墓；受洗禮的孩子已成為中年的婦人；但是那晚上來的三怪客至今仍為高克老斯丹的有名故事，傳誦着 [67]」。

哈代在這兒告訴了我們這則故事的傳奇性，而我們所感受的，卻不是傳奇、巧合、虛構和舞台劇般的戲劇性，而是完完全全的「真實」。

2016 年 2 月 4 日

第

八

講

自然情景
：
決然不是人物與情節的舞台與幕布

自然情景：決然不是人物與情節的舞台與幕布

在文學詞彙中，我不喜歡的是「風景描寫」這幾個字。一當有人和我談論小說，尤其談論我的小說時，說「閻連科，你的小說風景描寫如何如何」，我就會迅速有一種挫敗感，一如我們面對一個女性時，說對方衣服穿得不錯，而下一句的潛台詞，自然是她人和氣質並不好。

對一部好的小說來講，風景描寫是可以不要的，正如面對氣質高雅的女性，昂貴華麗的衣服其實沒有意義一樣。但是，把風景描寫從小說中拿掉時，我們不能忽略人物必須生活、運行在某個環境中，這就如人不能離開地面飛翔一樣。如安泰的雙腳離開地面，他就將失去大地給他的力量而必然死亡一樣。所以，在文學作品中，我們長期混淆着兩個概念：「風景描寫」和「自然情景」。或者說，長期用「風景描寫」這個簡單、直白，似乎一目了然的概念，來遮蔽對文學更為重要的關於環境、自然與人物「天人合一」的自然情景描寫。

我把小說中那些華麗、多餘、累贅的關於環境與自然的描繪稱為風景描寫或風光描寫，而把那些與人物、情節結合得天衣無縫、甚至說沒有那樣的環境與自然，就沒有那樣的人物與某種思考的對小說中必不可少的環境與自然的描繪，稱其為「自然情景」。這裏說的自然，是指客觀環境的自然；這裏說的情景，是指人物的行為與內心的情景。

在這裏，風景描寫，對小說是一種多餘，它最大的意義，是故事有意義的閑筆或點綴。是作家才情與詩意的漫溢 —— 這當然是指那些多餘而又美好的描寫。而當這種描寫失去美和詩意時，這種描寫就純粹是一種多餘了，如吊墜在人脖子上的瘤，不摘除不僅是一種醜陋，而且還是一種隱患的病灶。

而自然情景在小說中的存在，那就完全的不同。因為在故事中，有才華的作家，高度地完成了客觀存在的自然環境與文學人物的行為及內心的聯繫與統一。這種達到「天人合一」而出現在文學中的自然情景，會使小說的文學意義豐滿並成倍地增加。這樣的作品，我們不得不說海明威的《老人與海》是成功的範例。維克多·阿斯塔菲耶夫的《魚王》是成功的範例。赫爾曼·梅爾維爾的《白鯨》是成功的範例。儘管在《白鯨》和《魚王》這兩部作品中，許多章節還是會由有意義的「自然情景」滑向了無意義的「風光描寫」，但在最終，那些風光描寫都服從了「自然情景」的人物需要。在這兒，另一類作品是最為不能被忽略的存在，如梭羅的《瓦爾登湖》、奧爾多·利奧波德的《沙郡年紀》和海恩斯的《星·雪·火》（又名《一個人在阿拉斯加荒野的 25 年》）以及《普羅旺斯的一年》[69]《我自靜默向紛華》[70] 等關於大自然的紀實性散文隨筆，這時候單純的「風光描寫」，也許就是作家和作品本身的目的。但是在「文學即人學[71]」的小說中，單純的風光

---

69 （英）彼得·梅爾，《普羅旺斯的一年》，南海出版公司，2011 年 5 月，王春譯。作者的自然代表作還有《永遠的普羅旺斯》《重返普羅旺斯》等。

70 （英）莎拉·梅特蘭，《我自靜默向紛華》，長江文藝出版社，2011 年 1 月，朱賓忠，王雲生譯。

71 見周作人的著名文論《人的文學》。

描寫，則是多餘而無意義的。而把客觀的自然融入人物世界的「自然情景」的描繪，則是小說必不可少的部分。而且，在這一部分中，你的描繪愈是與人物結合得密切，這種描繪愈是顯示出作家的才華和文學的意義。

在十九世紀的文學中，那些描寫思考大自然的隨筆中，《瓦爾登湖》當屬這一典型的冠王。而在小說中，屠格涅夫的《獵人筆記》，使他在托爾斯泰和陀思妥耶夫斯基這三大文豪間顯示了與其不同的才華，那就是他對大自然的敏感和把控力。而在我們將要談論的短篇小說中，這方面尤為突出的是契訶夫的《草原》和屠格涅夫的《獵人筆記》。《草原》是一部中篇小說，是帶有遊記性質的小說寫作，其中契訶夫對風光 ── 把自然風光轉化為人物的自然情景 ── 可說是這方面極可借鑒的作品。而屠格涅夫的《獵人筆記》這部短篇小說集，在這方面可謂是集大成的表現，森林、河流、草原、山脈，狩獵人所到之處的客觀自然，都充滿了浪漫的詩意。當然，也不乏因其巨大才情的漫溢，而對自然風光過度瀏覽的展出。單就我們要求大家必看的《白淨草原》這一篇，單單開篇就天氣、白雲、草木的描寫，就達兩千多字。這對一個短篇來說，實在是一種大膽的冒犯。然而，當我們讀完這部教科書般的抒情短篇後，我們不得不說，倘若不是這開篇與結尾純粹而驚人的大段、美妙、成功的風光描寫在故事中最終完成了一羣孩子在夏夜草原上浪漫、隨意和帶着民族、地域文化的回憶和講述的環境的襯托與描繪，那麼這篇小說，對我們 ── 俄羅斯以外的

讀者們，將是意義減弱的閱讀和旅行。在這篇小說中，正是這乍看為孤立存在的純自然描述，搭建完成了一羣天真無邪的孩子們各自將自己的家庭、村莊和地域的神秘文化、事件向讀者講述的舞台，也從而讓我們看到了這種「風光描寫」與故事不可分割的向人物「自然情景」的轉化。

不過，正如《白鯨》《魚王》這樣的巨著一樣，隨着時間的推移，在當年相對封閉、落後的年代，那些沒有進入人物行為與內心的自然情景的風光描寫；在當時，一如今天我們在電影中看到的大自然奇觀的畫面：山脈、河流、乃至於宇宙間火星、月球的一景一物，對讀者都有着巨大的新奇和吸引力。但對於百年後今天的讀者 —— 對大海、山川等客觀自然的熟悉，或似是的熟悉 —— 無論這種熟悉來自哪裏，電影、電視或其他真實文字的講述，都使我們重新去捧起《白鯨》閱讀時，那種純粹對大自然精確細膩的描寫，已不再有當年的吸引力和奇妙感，而會使我們產生多餘、累贅、臃腫的瘦瘤感，這也就使我們對寫作中的風光描寫與人物行為、心理間的自然情景的描繪，有了更鮮明的區分和要求。

·

美國作家傑克·倫敦（1876–1916）一生經歷坎坷，四處流浪，做過海盜、洗衣工、淘金者和「青年社會主義」革命者。他在十六、七歲時，對冒險充滿渴望，曾經要同其他人乘船到日本海去捉海豹，結果因為遲到沒趕上那艘船，耽誤了他的行程。而那艘船走後不久，

在大海上失蹤了。船上的人在這次事故中全部遇難。這麼來說，對於出生在三藩市的傑克·倫敦，後來寫出《熱愛生命》《海狼》《白牙》《野性的呼喚》和《馬丁·伊登》這樣充滿生命力的小說，就不難理解。他的小說粗礪、堅硬，充滿着生命的激情。而小說的故事，多都帶着冒險和抗爭的精神。而且這冒險、抗爭的又不僅是人的命運，還有惡劣的自然環境，如大海、曠野，酷冬的嚴寒，沼澤地的飢餓，荒無人煙的孤獨與寂寞。凡此種種，自然環境構成了他小說裏的生命組成，似乎沒有那樣的環境，就沒有那樣的人和生命。從而，在他的小說中，無論你喜歡還是不喜歡，大約都不得不說，傑克·倫敦在他故事的人物中，是擺脫了風景描寫，完成了文學的「自然情景」的成功寫作者。

……他們經歷了生活的痛苦顛簸，只剩了一點 ——，雖然他們輸掉了賭博的本錢，可是他們仍是勝利者。

他們倆一瘸一拐地，踉踉蹌蹌地走下河岸，滿臉的愁容和疲倦，肩上扛着沉重的毯子，搖晃着走着。

在他們的額頭上綁着一根皮帶，吊着身後的行李，手裏拿着一支來福槍，低着頭，瞧着地走。

……

兩個人沒有脫鞋襪，忍着河水一步一步向前趟着。河水冰冷得他們的骨節酸疼，他們的腿直打顫。

走在後面的那個人腳下一滑，差一點摔倒，但他猛地掙扎了幾下，

尖叫了一聲，總算沒有倒下。他的眼前一黑，搖晃着，急忙伸出一隻手在空中想要抓住甚麼，之後又搖晃了一下，幾乎摔倒。

他站在那兒不敢動一動，足足有一分鐘，等着心裏穩定了些。

「喂，比爾，我的腳脖子扭傷了。」

比爾沒有回頭，只是在白茫茫的河水裏一搖一晃，臉上沒有一絲表情，眼睛裏流露着驚恐的目光，像受傷的鹿一樣。

登上了河岸，比爾仍沒有回頭，只顧一瘸一拐地向前走着。走在後面的人還在河裏，他眼睜睜地看着，嘴唇發抖，亂蓬蓬的鬍子也在一抖一抖地，不知不覺地舌頭也伸出來舔着嘴唇。

「比爾！」他大聲地求救着。

這是一個堅強的人在患難中的求救之聲，但比爾仍不回頭。只見他古怪地登上一片陡坡，跌跌撞撞地向山頭那邊朦朧的天邊走去。他的同伴瞧着他消失在山頭。他凝視着比爾走過的路，比爾留給他後面的世界。[72]

這是傑克·倫敦著名的短篇經典《熱愛生命》的開頭。文字簡樸、刀劈斧砍，不僅簡單，而且簡陋，三言兩語既為一句，三句兩句又為一段。於是，兩個在曠野蠻荒中淘金返回的身影，就直立在我們眼前。可是，當後者在過河時腳脖扭傷後，呼救前邊的比爾回來幫他時，他的同伴比爾，卻頭也不回的古怪地翻山走掉了，把後者孤零零地留在了曠野和死亡中。如此，故事從這兒真正開始了。這被留下的

---

72 《傑克·倫敦文集》（上），吉林大學出版社，1995 年 11 月，朱心光編譯，第 5 頁。

一個，為了活着，為了生命，開始同殘酷的大自然進行着卓絕的搏鬥。河流、沼澤、湖泊、黑夜、飢餓、寒冷和失卻方向之後的孤獨，在《熱愛生命》中，傑克‧倫敦寫出了人的生命最原始的力量和忍耐，同時也寫出了生命的敵人 —— 自然環境 —— 那如格鬥場上的敵人一樣的存在力和與人搏鬥的力量。大自然在這兒再也不是一種風景的存在，而是和人對應的「敵人」——「人物」的存在。在閱讀這篇小說時，每一字、每一詞、每一句話，都讓我們感到自然的力量，都讓我們感到大自然如人物一樣活在我們的眼前，動在我們眼前。如果說《白淨草原》需要我們讀完小說，才可以體會到屠格涅夫從「風光描寫」到「自然情景」那種有機、從容的轉化，那麼，他晚代的美國作家 —— 與他的貴族出身完全不同的傑克‧倫敦，在這一點上，從小說的開始，就完成了從風光到人物情景的過渡。對於《熱愛生命》《海狼》這樣的小說，談論風景、風光，則是對作家與作品的一種羞辱。他不屑於風景。他只着力於對自然環境的描寫如何滲透於故事和人物。讓環境（風景）內化為人物的血液與靈魂。人物的一切心理與行為，都因環境（風景）而起，因環境而變，因環境而止。環境在，人物在；環境變，人物變；環境起，而人物起。很少有作家和小說可以如傑克‧倫敦與他的《熱愛生命》一樣，把自然環境如此成功地寫成和人物對應的「人物」，從而在我們閱讀的時候，無論是第一遍，第二遍，或是許多年後的第三遍閱讀，都可以深切地體會客觀存在的「死」的自然，會那麼「天人合一」地成為人物的自然情景而永久地

活着。永久地給我們深刻、具體、永不忘懷的人物般的「情景感受」。

乃至於每當回憶起這部小說，我們頭腦中出現的不僅是「熱愛生命」為活着而與自然進行罕見抗爭的「這個人」和自私、絕情而最終卻被大自然吞噬了生命的「那個人」比爾，而且，活在我們頭腦中的，還有作家滲入筆端，點點滴滴、字字詞詞分散在小說中有層次、有演變、有跌宕和起伏的大自然 —— 於是，自然在小說中也同樣成為了人物的「這一個」，它無姓無名，與小說中着力描寫、塑造的「他」或「這個人」一樣，可感可觸，有呼吸，有生命，有行為與變化，有起始，有終尾，從而使我們每當回憶起這篇小說來，頭腦中便直立着三個鮮活的人物形象：

一是那個因熱愛生命而活下來的「他」——「這個人」。

二是極度私慾因對他人缺少愛助而死去的比爾。

三是與「他」——「這個人」始終共存的自然情景。

在我的閱讀經驗中，尤其在短篇寫作中，很少有小說把自然 —— 自然風光和環境 —— 如此不着痕跡地轉化、完成為小說的「自然情景」而和小說的故事、人物、情節那麼水乳交融為一個不可分割的整體。如一棵大樹和一塊土地的不能分離，一股河流與一段河道的不分彼此；還如一個活着的人，與水和空氣的不可隔絕。在《熱愛生命》中，沒有這樣的環境，就沒有這樣的故事，就沒有故事中那個生命不息的人物，更沒有在百年之後，重新讀來仍讓人激動、欣喜和隨着故事而坐立不安、提心吊膽，為人物的命運、生死總是緊捏着一把熱汗

的這篇 —— 這部不朽的短篇。

那麼，傑克·倫敦，在他的小說中，究竟是怎樣完成視環境為人物 —— 讓死的靜止的客觀自然成為人物活的、運動的自然情景的書寫呢？

這裏，我們可以隨着小說中的「他」——「這個人」的行為變化、心理變化，來看看傑克·倫敦是怎樣讓客觀的自然環境與人一樣變化起來的，並與「他」因對抗而存在，且又「活」了起來的。在這個人物變化、進展的過程中，人物「他」的生死心理，有三個層面的遞進與不同。這三個層面的變化都是與丟他而去的比爾 —— 那個靈魂上自私、殘酷的人物相連的：

第一層：希望

比爾一定在那兒（藏有他們的小船、子彈、魚鉤、魚網和食物的狄斯河）等着我。我們要順着狄斯河向南劃到大熊河，我們要再向南劃，一直向南，要到莫根基河。到了那裏，還要向南走，我們一定會把冬天甩在後面。讓河水結冰吧，讓天氣變冷吧，我們會到好特森灣公司去，那兒天氣溫暖，樹木蔥蘢，物產豐富。[73]

在《熱愛生命》的寫作中，這時候，伴隨着人物的這種希望之心到來的自然環境，在作家筆下，多為死的、靜止的或恆久存在的河流、沼澤、夜晚以及荒蠻中可以充飢的野草等（也有少量的他永遠捕

---

73 同前，第 6 頁。

捉不到的松雞、馴鹿等動物）。這是人物從扭傷腳脖但仍懷有生命希望時出現的「自然情景」，人物的行為與思想，都與此相關而變化、減弱或增強。在這一層面上，「他」還沒真正感到死亡的威脅。他有能力 —— 或他相信自己有能力克服、戰勝這一切，走到「小棍子地」。從而自「小棍子地」到達狄斯河，到達「天氣溫暖、樹木蔥蘢、物產豐富」的好特森灣。

第二層：絕望

經過了無數的艱辛和與大自然類似於肉搏的格鬥，人物「他」從心懷希望進入了生命與心理的絕望期。

> ……他背起包袱，一瘸一拐地向前走；至於到了哪裏，他可不知道。他既不關心「小棍子地」，也不關心比爾和狄斯河邊的那條翻過來的獨木舟（命運的希望之舟）下的地方。他完全給「吃」這個詞管住了。他餓瘋了。他根本不管他走的是甚麼路，只要能走出這個谷底就成。[74]……

這一階段的人物 ——「他」，已經不再對未來抱有甚麼希望，而僅僅是為了現在的活着。去哪兒，幹甚麼，都不再重要。重要的是戰勝飢餓，有東西填充肚子活下來。為了活着，「他」甚至把背的粗金沙和黃澄澄的金塊都從行囊中減下一半，放置在路途 —— 這是一個刺目的細節，寫出了生命與黃金重要性的比對，儘管他倆都是為了獲得黃金的賭徒。而為了活着，「他」選擇放棄他命運的目的：財富 ——

74 同前，第10頁。

黃金。於是，與人物對應的「客觀自然」，從恆古不變的河流、山脈、沼澤幾乎完全轉入了自然情景中有生命的物：有酸味的蔓生野草、手指長的小鰷魚，以及狼羣、狐狸和剛孵出來的小松雞、小松雞的母親母松雞、幻覺中的大白馬、現實中的大棕熊，以及不絕於耳的野獸的吼聲和一條始終跟在「他」身後等待他倒下的有病的狼。這與「他」—— 那個從獲有生命希望的人，到變為對生命絕望的人 —— 對應的自然情景，在作家筆下不露痕跡地發生了變化。在人物還有充分的行動力、生命力時，作家多寫靜的、死的大自然；而在人物生命面臨死亡 —— 即內心絕望、靜止時，作家的筆，從以描寫靜物的自然世界為主，悄然轉移至在自然情景中描寫有生命的、動的物體與動物為主。這一靜一動的變化，正就巧妙地一層一步地揭示了人物的變化與環境中自然物的對應變化。使客觀自然也與人一樣，有了生命，有了層次，成為了小說中與人物對應的「人物」。再具體地說，就是：

人物懷有生命的希望對應以寫大自然恆古的靜物為主；

人物懷着生命的絕望轉入以寫大自然中極富生命的動物為主。

這種描寫自然反差的比對，既寫出了人物變化的心理與層次，同時也寫出了自然情境中的大自然的變化與層次。

然而，當人物進入第三個層面 —— 從絕望中重新看到希望，從死亡的門口，又回到希望的路途時 ——

他跟着那個掙扎前進的人的痕跡向前走去，不久就是走到了盡頭 —— 潮濕的苔蘚上攤着幾根才啃光的骨頭，附近還有許多狼的腳印。

他發現了一個跟他自己的那個一模一樣的厚實的鹿皮口袋，但已經給尖利的牙齒咬破了。比爾至死都還帶着它。哈哈！他可以嘲笑比爾了。他可以活下去，把它帶到光輝的海洋裏的那條船上。他的笑聲粗礪可怕，跟烏鴉的怪叫一樣，而那條病狼也隨着他，一陣陣的慘嗥。突然間，他不笑了。如果這真是比爾的骸骨，他怎麼能嘲笑比爾呢；如果這些有紅有白，啃得精光的骨頭，真是比爾的話？

他轉身走開了。不錯，比爾拋棄了他；但是他不願意拿走那袋子，也不願意吮吸比爾的骨頭。不過，如果事情掉個頭的話，比爾也許會做出來的，他一面搖搖晃晃地前進，一面暗自想着這些情形。[75]

「他」的內心的第三個層面的變化，還是從見到比爾先於自己的死亡 —— 骨頭被狼羣啃得精光開始的。於是，這部小說中的「他」，人物與心理的生命層次，就這麼在遞進、跌落、昇華中一層層地竹筍般剝落開來，展現出來：希望 —— 絕望 —— 再希望。而到了這兒，人性的黑暗與光亮也隨之被揭示出來 ——「他」為了活着，把背上的黃金丟棄了一半，而比爾為了不丟棄背上的黃金，則最終死在通向未來的路上。並且，「他」不願意拿走比爾那裝着金塊和金沙的袋子，也不願意自己活着，吮吸比爾的骨頭。當這人性和肉體之生命都重新獲得新生的可能時，伴隨着「他」的自然情景，也隨之從荒野的動物中轉移出現了似乎幻覺、而為真實的一個全新的、充滿生命希望的新的情景：

---

75 同前，第16頁。

「有一天，他醒過來，神志清醒地仰臥在一塊岩石上……他於是慢慢地，從容地，毫不激動地，或者至多是抱着一種極偶然的興致，順着這條奇怪的河流的方向，向天際望去，只看到它注入一片明亮光輝的大海……後來，他又看到光亮的大海上停泊着一隻大船」[76]……

至此，《熱愛生命》已經完成了人物的揭示與塑造，也同時完成了作為人物對方的「人物」—— 自然情景的揭示和描繪，而小說的結尾，是大家都知道的人物「他」，那個「熱愛生命」的人，以生命最後的力量，撲倒在同樣是生命盡頭的那條狼的身上，「他的臉已經緊緊地壓住了狼的咽喉，嘴裏已經滿是狼毛。半個小時後，這個人感到了一小股暖和的液體慢慢流進了他的喉嚨。[77]」到這兒，狼，死去了。主人翁活下來了，被光輝的海洋上的那條大船發現並救起。

到這兒，關於《熱愛生命》中其它的藝術特性，我們都不去探討，單是如同人物一樣，完全被作家寫活了的蠻荒的美國西部的大自然，無論是山脈、河流、飛鳥、動物、野草、小魚等，完全構成了一個叫「自然體」的活人，隨着那條狼的呼吸的最後停止，而永遠地成為了一個「人物」，永遠地活在了我們的記憶之中。

———— ● ————

在探討傑克·倫敦寫活了「自然客體」這個「人物」的過程中，我們從大的層面上，討論了作家怎樣在對應人物的心理、生命變化

---

76 同前，第 14 頁。
77 同上，第 18 頁。

間，如何揭示，描繪了大自然這一客體的反差和變化，但在作家的具體描寫過程裏，還有許多有意無意的關於客體自然自始自終在作家筆下的行隨和變化。這兒特別值得一提的是，是小說前半部分中那些荒野水塘裏的小鯰魚 —— 這種主人翁行走一路的主要食物之一。我們注意，在傑克·倫敦的筆下，在荒野中，這是作家唯一捨得筆墨去詳盡描繪的一個細節。在整部的小說裏，一切的情節與細節，敘述與節奏，都是簡潔、粗曠、快節奏的，只有到了遇到這荒野水塘的小鯰魚，作家才稍微頓筆下來，較為詳盡地用一百來字描寫了「他」捉魚和用白鐵罐子舀水的辛勞過程。乃至把一池水舀乾之後，「他」才發現那小魚並不在塘中，而是沿着地下的石縫逃走而去。至此，這一最詳盡地描寫自然物的情節，帶來了人物從希望到絕望的一個分水嶺。「他這麼想着，四肢無力地倒在潮濕的地上。起初，他只是輕輕地笑，過了一會，他就對着把他團團圍住的無情的荒原嚎啕大哭；後來，他又大聲抽噎了好久。[78]」這一關於荒野自然中小魚的描寫，是《熱愛生命》人物和自然客體最為相融的一筆，可謂神來之助，它既寫出了自然客體對人物主體生命變化的影響，又寫出了客體自然類同於人物呼吸一樣的生命的神秘。沿此下去，在後來的為了活着的情節中，「他」就學會了怎樣用罐子捉魚和嚼吃小小的生魚，並把小魚帶在身上，作為來日的食物。以此延伸下去，「他」維持生命的食物，就成了狼羣飽餐後野獸的骨頭，一直到他看見光輝的大海和海上的大

---

78 同上，第9頁。

船,恢復生命的希望,都讓我們無法忘記小說尾部大海與小說前部他捉魚的小水塘的對應和聯繫。

當然,談到小說開頭作家用少見、詳盡的筆墨,來描寫「他」在水塘中捉魚的過程和小說結尾的大海的對應聯繫,就自然情景這一小說寫作的特性來說,我們並不是說,傑克·倫敦在寫作《熱愛生命》之前,在故事的構思中,就已經想到自然情景和人物,和它自身的對應與聯繫。不是說,作家在未動筆之前,就一定想到並設定了在寫人物存有活的希望時,多寫自然的恆久之靜;而在寫人物的生命面臨死亡的絕望之時,多寫自然情景中有生命的動物之動;在結尾要寫到光輝的大海、大船,而就一定要在小說的前部寫到溪流、小魚和渾濁的野塘。而是說,《熱愛生命》有意無意地給我們提供了很多這樣關於自然情景的反差與對比。提供了自然環境中大與小、靜與動、生與死(活的動物與死亡的獸骨),遠與近(高遠的天空與人物不能行走的爬行),明與暗(晝的曠野與黑夜的團團包圍)等對立、對應的存在,從而使靜止客觀的自然,變得立體、豐富,並且有着人的生命的呼吸和冷暖,完全如同一個文學中人物生命的存在。

這兒,我們不是說傑克·倫敦在面對自然情景,或說把客觀環境、自然環境轉化為小說的有機組成 —— 絕然不可分離的自然情景時,他就是這方面的曠世奇才,因此才寫出了《海狼》《熱愛生命》這類獨特的小說。而是說,他是深知人物面對大自然時,如何調動大自然的存在與生命,來和人物、故事、情節形成一種互動的關係,使客

觀自然成為真正有文學生命的自然、活的自然和小說中必不可少的部分。換言之，在寫作中，如何以人物的行為、心理調動自然的存在，使自然隨着人物的心理、行為變化而變化、而呼吸，傑克‧倫敦是深得其味，深知自然情景在故事中的寫作之益。而《熱愛生命》，毫無疑問，是這方面最為成功、成熟的短篇範例。與此相比，在這方面表現出同樣成熟和天賦才華的，除了我們在這一講中提到十九世紀的屠格涅夫、契訶夫、梭羅、利奧波德、海恩斯和《白鯨》的作者梅爾維爾，還有二十世紀大名鼎鼎的海明威，蘇聯作家維克多‧阿斯塔耶夫、艾特瑪托夫 [79] 以及中國作家沈從文、蕭紅、艾蕪等。他們都用非常個性化的方式，與傑克‧倫敦截然不同地寫出了小說完全不同的自然情景。然在這兒，我更願意提到的是另一個美國女作家安妮‧普魯（1935–）。她出生於美國康涅狄格州，其短篇小說《近距離：懷俄明故事集》和《髒泥：懷俄明故事集》，與傑克‧倫敦的小說在人物與自然情景上，有着一脈相承、異曲同工的意義，其中那部著名的李安的電影《斷背山》，就改編自她的同名短篇。當我們把傑克‧倫敦的小說和安妮‧普魯的小說，同時閱讀並相連並論去考察、思索自然情景在寫作中的獨有意義時，一定會獲得相應有趣的啟發和感悟。

2016 年 2 月 19 日 於香港科大

---

79 欽吉斯‧艾特瑪托夫（1928–2008）：前蘇聯（今吉爾吉斯斯坦）作家，主要作品有《白輪船》《草原和羣山的故事》《一日長於一百年》《花狗崖》等。其作品充滿理想與浪漫，對地域、民族與大自然有着獨特、深切的描繪。

第

九

講

誇張與傳奇

：

一顆下世紀荒誕的種子

誇張與傳奇：一顆下世紀荒誕的種子

一個叫柯瓦廖夫的八等文官，少校，一天早上醒來，發現自己的鼻子不見了。臉上那塊長鼻子的地方，無緣無故變得平整且醜陋。於是，他開始了十餘天尋找自己鼻子的可笑旅程。而他的鼻子，這時變成了五等文官，穿着制服，在大街、教堂等地飛來轉去，煞有介事。直到最後，那顆丟失的鼻子，重又莫名其妙地回到八等文官柯瓦廖夫的臉上。

一個叫迪蒂約爾的小公安員在一家登記註冊部工作，四十三歲時，他發現自己有一種特異的本領：穿牆過壁，如穿越空氣一樣不留痕跡。於是，他開始向對他不尊重的副主任進行報復，讓自己身在牆壁之中，嘴臉在牆壁之外，如掛在牆上的他的立體畫像。而且這畫像頭嘴能動，可發出清晰的罵聲。於是，副主任被嚇得魂飛魄散，不知所措。接下來，他開始不停地遊戲一樣偷盜銀行、金庫、首飾店，每偷一處，還公然留下他的化名：加魯－加魯。如此，這個叫加魯－加魯的人，成了全市的名人。為了向同仁證明加魯－加魯就是「我」── 迪蒂約爾，再次偷竊時，他有意讓公安人員抓到了自己。可他在被關進牆壁結實寬厚的監獄時，卻又進出自如，如開門關門回家一樣兒。並且，在坐牢期間，他還出來同丈夫有着外遇的婦人相聚相歡，直到最後，他因勞累過度和不慎吃錯了藥，在又一次相歡約會

之後返回時，發現自己穿牆過壁的本領已經失去。而最終，他被永遠夾在了牆壁的內層，和牆壁凝固在了一起，成為了牆壁的一部分。

　　以上這兩個故事，前者是果戈里 [80] 的短篇代表作《鼻子》，後者是法國作家馬塞爾・埃梅的經典短篇《穿牆越壁》。這兩篇小說，兩個作家，前者出生在 19 世紀之初的 1809 年，後者出生在 20 世紀之初的 1902 年，他們相差幾乎一個完整的世紀，可他們的寫作，卻有着驚人的相似和不同。誇張、浪漫、傳奇、諷刺和對現實中小人物的愛與關注，凡此種種，他們的相似之處，我們都可以歸位到第五講：「風格：寫作者對自我的尋找與認定」中。但在 19 世紀的誇張、傳奇、浪漫的這脈寫作，到了 20 世紀成為荒誕後，它就不再是風格的問題，而是文學、世界之本身，是文學的一個源頭和根本。在《荷馬史詩》中，浪漫是一條巨大、激蕩而又奔息不止的河流。《一千零一夜》《十日談》《堂吉訶德》，則不僅浪漫，而且還傳奇、幽默和誇張，充滿着諷刺與批判的意義。及至到了《巨人傳》[81]，諷刺、誇張和浪漫及批判，則成為後來歐洲乃至世界文學的永不乾涸的源泉，成了 19 世紀為 20 世紀文學的一個巨大特徵 —— 荒誕，埋植的一顆最堅實的種子。也正因為這樣，我們把 19 世紀寫作中的誇張和傳奇，如同文學中的憂傷與詩意，單列出一節來講說。

　　之所以要以果戈里的《鼻子》為例，是因為這位被稱為俄羅斯

80　果戈里（1809-1852）：俄羅斯散文之父，主要代表作有小說《外套》《鼻子》《死魂靈》和戲劇《欽差大臣》等。

81　《巨人傳》，法國 16 世紀的巨著傑作，作者是拉伯雷（1494-1553），對後來的世界文學有着巨大的影響。

散文之父的人，他在不到 30 歲時，就出版了他的小說集《彼得堡故事》，其中的短篇《鼻子》，最為鮮明地體現了作家在《死魂靈》和《欽差大臣》中一以貫之的誇張、浪漫、傳奇和諷刺的風格。而且非常值得注意的是，這篇小說關於真正的主人翁，不是在小說的第一節中出現的，在烤麵包中發現多出一個鼻子的剃頭匠伊萬·雅科夫列維奇 —— 那個總是在剃頭理髮刮臉的過程中，喜歡揪着人家鼻子把利刀在人的臉上晃來晃去的人，而是從第二節開始出場的人物柯瓦廖夫。所以，我們也可以把這第二節的開頭，視為真正的小說之開篇：

八等文官柯瓦廖夫很早就醒來了，用嘴唇弄出「勃嚕嚕……」的聲音，那是他醒來時總要做的，雖然他自己也說不出所以然。柯瓦廖夫伸了個懶腰，叫人把桌上的小鏡子拿來。他想看看昨天晚上鼻子上長出來的那粒小疙瘩。可是，他大吃一驚，應該有鼻子的地方，變成完全平塌的一塊了！柯瓦廖夫嚇壞了，叫人倒水來，用手巾擦了眼睛：當真沒有鼻子了！[82]……

如果我們把這段敘述當做《鼻子》這篇小說真正的開頭時，那麼，我們再來看一下馬塞爾·埃梅 —— 這位在 20 世紀文學中影響了後來許多法國和歐洲作家寫作的人，他最有代表性的短篇《穿牆越壁》的開頭：

在蒙馬特爾區奧爾桑街 75 號乙門的四層樓上，住着一位不同凡響的

82《果戈里選集》第二卷，人民文學出版社，1984 年，第 44 頁，滿濤譯。

男人，名叫迪蒂約爾。他具有一種獨特的本領：穿牆越壁。[83]......

這兩篇小說的風格是如此接近，都是那麼的誇張與諷刺，傳奇與浪漫，而又不失作家對人物的愛與深層的理解。只不過，果戈里代表着 19 世紀俄羅斯文學的偉大傳統，而馬塞爾·埃梅則代表着法國文學在擺脫着 19 世紀傳統的影響而向 20 世紀現代文學的轉型。沿着短篇寫作這脈文學從不間斷、並且來源與流向也更為清晰、更易把握的河流的線索，到了卡夫卡這位被稱為 20 世紀世界現代文學鼻祖的這兒，我們誰都知道他那篇以一支點之力，撬動了世界文學寰宇的短篇《變形記》的開頭，是世人皆知的「格里高爾從不安的睡夢中醒來，發現自己變成了一隻甲蟲」。這三篇小說，或更具體地說這三篇小說的開頭，竟然都是誇張、決斷、浪漫、傳奇，完全不顧讀者對突兀的懷疑，同時都寫了一個人在一夜夢醒之後和身處黑暗之中身子的奇異變化。從而，「故事開始了」。《鼻子》沿着傳奇、誇張的路線，朝着傳統中的諷刺與批判的方向；而《穿牆越壁》則沿着傳奇與浪漫的不可思議，尋找着反傳統的去向，或說傳統的反方向；而到了《變形記》，則那麼莊重、現實、細碎地在寫出那一句傳奇的「格里高爾在一夜之間變成甲蟲」之後，完全進入了一個人的靈魂的世界，徹底地擺脫了諷刺、誇張與傳奇的 19 世紀的傳統和埃梅在誇張、傳奇與現代間的搖擺與尋找，抓到了 20 世紀的「人」，作為個體面對世界的焦慮，完

83《世界短篇小說經典》（法國卷），第 339 頁，史美珍譯。

成了荒誕從風格走向文學本身與現實世界本源的探討。

勿須多疑，把《鼻子》《穿牆過壁》（還應該加上埃梅的《變貌記》。如果是討論 20 世紀的小說，《變貌記》和《變形記》是兩篇更為值得討論的話題和作品）與《變形記》連貫起來，得出結論說 19 世紀如果戈里樣的誇張與傳奇，為 20 世紀文學最大的特徵 ── 荒誕，種下了一顆堅實的種子是草率的。但我們不能忽略果戈里對他的後來者的大師們，如屠格涅夫和陀思妥耶夫斯基及卡夫卡的寫作關係，不能忽略卡夫卡與加繆、博爾赫斯、馬爾克斯、納博科夫的關係，果戈里與埃梅寫作的相似性與差異性以及埃梅的寫作與他後來者的聯繫，正是從這個文學永遠是一條不間斷的河流 ── 從一切的支流與小溪，都是大河源頭的角度去說，才可以把 19 世紀文學中的誇張與傳奇，視為 20 世紀文學荒誕的一顆飽滿的種子。或者說，19 世紀文學的誇張，正是 20 世紀文學生長荒誕、幽默、現代與後現代的一片肥沃的土壤。

因為這些，果戈里的寫作與他的《鼻子》，也才在 19 世紀文學中顯出了更為獨特、永恆的意義。

────── ● ──────

同學們，在電影和生活中，有一個場景總是讓我們驚奇，並永遠地吸引着我們：你在家裏正悠閒地看書、喝茶、聊天或正在專注於一杯咖啡的研磨與調製，這時有了敲門的聲音。你去從容地開門。而在門開時，出現在你眼前的是一個魁偉的男人。舉在你面前的是他的證

件：警察證或來自國家安全部門的工作人員的工作證；甚或是一張關於你的逮捕證。

接下來，他是這樣一句話：

「你被捕了。」

或者是：

「請跟我們走一趟！」

他說話的聲音，冰冷而清晰，而我們愕然而又被吸引。我自己都經常會產生這樣一種幻覺來，在我家，我聽到了有節奏、禮貌的敲門聲。門一開，面前站着幾個人，他們說：「閻連科，請你跟我們走一趟。」

「去哪兒？」我這樣問他們。

「去了你就知道了。」他們這樣回答我。

這是一種慣常的回答。是他們說得最多的一句話。於是，我不得不跟着他們走掉了。手銬，蓋在手銬上的我的或他們的襯衣，以及等在樓下的一輛警車和警車疾馳而去後，留下的長長的呼嘯般的警笛。

這是幻覺，也是生活和熒屏上最常出現的現實。這個畫面留給我們的不僅是那些最為真實的經過，而更重要的是，留給我們暫時或永遠不說的空白和疑問：他犯了甚麼罪？我違了甚麼法？我被帶走會遭遇甚麼樣的審訊呢？劇烈高瓦燈光的熱照？耳光、腳踢、讓你三天三夜不能睡覺？或是灌你糞便、辣椒水和讓你滴水不進的乾渴？最後，你不得不如實招來，一五一十，點點滴滴。於是，真相大白於天下。

或者，你被屈打成招，人家需要甚麼你就應甚麼。如此，某一天你在家睡覺的過程，就變成了你連環殺人的過程。再或者，你被暴打關閉，囚禁數天、數月、數年或數十年之後，突然獄門大開，獄警歉意地笑着說：

「對不起，你自由了。回家吧，我們抓錯人了。」再或者，獄警也很冤枉、疲勞地補充道：「不怪我們，誰讓你和真的罪犯是重名重姓呢。」

這是一個現實的生活畫面，也是電影上我們常見的一個模仿生活真實的一個場景。這個畫面和場景，為甚麼那麼吸引我們？為甚麼讓我們驚愕、突兀而又不斷地吸引着我們去想像和思索？表面看，是一種突然到來的恐懼和不安，而實際上，是那個與我們作為觀眾（讀者）無關的場景、畫面留給我們無數的空白和疑問。是省略帶給我們的無限的想像。他到底犯了甚麼罪？他為甚麼要犯罪？他犯罪的過程是怎樣的？他被帶走的審訊過程是怎樣的？凡此種種，都在吸引着我們的想像和注意力。

真正說來，對於一個好的作家和文學研究者，除了關注一個文本中寫了甚麼，有的時候更值得關注的是你省略了甚麼。一切帶有荒誕意義的作品，關注作品中的省略與刪去，往往比關注文本呈現了甚麼更有意義。解開對荒誕的不解，鑰匙往往藏在省略之中。回到果戈里的《鼻子》這篇有趣而誇張的小說上來，我視它和作家的《死魂靈》《欽差大臣》《外套》等作品一道，為後來的這脈寫作及 20 世紀

文學的荒誕，種植根埋的一顆最飽滿的種子；是一段最有生命源意的根基。因為，從那個時候起，果戈里就明白，在誇張——傳奇——荒誕的一脈寫作中，省略的意義遠大於寫出來的意義。那麼，《鼻子》這篇小說都給我們刪除、省略了一些甚麼呢？

（伊萬‧雅科夫列維奇）把麵包切成兩半，往當中一瞧，大吃一驚，看見裏邊一個白色的東西。伊萬‧雅科夫列維奇用刀小心地扒開些，又指頭去一摸：「硬的？」他對自己說，「這是個甚麼東西呀？」

他探進指頭去，往外一拉——是個鼻子！……伊萬‧雅科夫列維奇垂下了手，擦擦眼睛，再去摸摸：鼻子，真的是鼻子！[84]

到這兒，鼻子在《鼻子》這篇小說中出場了。這是誰的鼻子？從哪張臉上掉下來的？掉下來為甚麼跑到了伊萬‧雅科夫列維奇早上的烤麵包中間？儘管果戈里把這位在麵包中發現鼻子的伊萬‧雅科夫列維奇的職業設寫為一個理髮匠，他在給人「刮臉的時候，（總是）那樣揪着人家的鼻子，簡直就要把它們揪下來[85]」，可他最終，也只是給我們寫了些「鼻子來源的可能與想像」，而真實的一切與過程，都被果戈里留存在了故事的省略之中。

而在小說的第二節，八等文官科瓦廖夫一早醒來，發現自己的鼻子丟掉了，原來長着鼻子的那個地方現在變得平平坦坦，光光溜溜。那麼，他的鼻子究竟是甚麼時間從臉上丟失的呢？鼻子丟失時為

84 同前，第40–41頁。
85 同前。

甚麼沒有痛感、沒有血跡呢？他怎麼會絲毫沒有感覺、沒有發現呢？一切的疑問，撲面而來，如兜頭澆下的一盆又一盆的無源之水。而那一盆又一盆水的每一粒水珠，都是作者和現實主義應該回答、解釋給讀者的疑問。可作者偏偏在這兒做了全部的省略，讓主人翁為丟掉鼻子有了短暫的驚奇和恐懼後，就朝警察總監的家裏飛奔而去。直到小說的結尾，他都沒有告訴讀者柯瓦廖夫的鼻子是怎麼丟的和為甚麼而丟的。接下來，小說寫了柯瓦廖夫尋找自己鼻子可笑的焦慮與經歷；寫了鼻子變成了五等文官穿着制服在街上、教堂出現和祈禱的過程；鼻子和柯瓦廖夫相遇並決然不識的分手；繼而是警官巡長把他的鼻子送回，並收了一定的費用。最後，這顆丟失的鼻子，終於又莫名其妙地回到了柯瓦廖夫的臉上。一切都變得與原初一樣。鼻子、臉、人與現實，都又恢復到原有的生活的軌道。整篇小說，就是一顆鼻子失而復得的過程。但在這過程中，一切與鼻子直接相關的聯繫、邏輯與因果，都被作者刪去了，省略了。而留下的，只是人 ── 人物們，在鼻子丟失之後的誇張並貌似真實的一切。

注意，這兒有個時間的分界點：小說所寫出的，都是鼻子丟失後的人物與事件的經過，而被刪去的，都是鼻子丟失前和鼻子直接相關的事件與經過。

再來看《穿牆過壁》這篇小說，被作者省略刪去的，和《鼻子》一樣，都是人物迪蒂約爾發現自己有穿牆過壁特異之前的，而留下的，都是獲得這種特異之後的。甚麼時間他開始有了這種穿牆過壁的能力？

怎麼就有了這種能力？先天的還是後來逐步產生、形成的？是先天又為甚麼會有這種先天呢？是後來形成又是怎樣形成呢？千疑萬問，都在作家的的省略之中。所要寫的，都是有了這種特異之後的過程。

《變形記》也一樣如此，省略的是人變成甲蟲的原因和經過，寫出的是人變成甲蟲之後的現實與經歷。這就使我們發現了一種寫作的可能，那就是誇張、荒誕、傳奇，他們省略的都是「為甚麼」，而寫出來的都是「就這樣」。原因不在了，可結果到來了。而且這個結果，就是小說的開端。小說是從這個省略了原因的結果開始的 —— 這就是荒誕的起源。在後面的章節中，我們會就小說的荒誕開始更細緻的分析和討論。而這兒要說的，正是《鼻子》和《穿牆越壁》等誇張、傳奇的小說，也一樣是從這樣的省略而開始，這也就使得誇張與傳奇，從一開始就有着荒誕的文學因素。回到誇張、傳奇是荒誕最飽滿的種子上來，《鼻子》《穿牆越壁》與《變形記》，如出一轍地在小說開頭省略了人體變異的生理機因後，繼而方真正進入故事的開始，誇張或莊嚴地敍述不同的人物，不同的經歷，不同的現實與經驗。換言之，在這三個作家和三部作品中，他們都共同省略了人 —— 作為有機體和生命存在時變化的生理、物理的邏輯，而寫出的都是這種邏輯對人的現實生活、命運改變的過程和聯繫。只不過在不同時期，依據不同作家所不同的文學觀與世界觀，作家面對現實世界的認識與態度發生着不同的變化。

果戈里面對這種變化以誇張、諷刺的態度，書寫了人物所處的現

實，寫出了一部諷刺的傳奇。

馬塞爾·埃梅面對這種變化，以誇張、遊戲的手法，寫出了一場人生與現實的遊戲。

卡夫卡面對這種變化，則完全捨去了誇張、遊戲和傳奇，寫出了人在現實世界中的莊嚴和不安。

這裏不是說卡夫卡的偉大直接與果戈里和埃梅的作品有甚麼關聯，他們 —— 你與我，完全是馬車路、汽車路和火車鐵軌並存的不同來路、去向與不同之景觀，彼此沒有交錯，又朝着不同的方向。但不能否認的是，這三種道路並存時，馬車道的歷史遠早於汽車路，而汽車路更早於火車道。雖然火車的出現，是源於蒸汽機的發明，可又怎麼能否認蒸汽機與鋼鐵、機械的關係？世界確然沒有獨立存在的事物，一如獨立成長的一棵樹，不能擺脫與風與雨與陽光和土地的聯繫性，任何一部具有里程碑意義的開山之作，其實都與前人的寫作，有着直接、間接，有形、無形的聯繫。20 世紀的文學，來源於 19 世紀浩瀚如煙的無數的作家與作品，而果戈里對陀思妥耶夫斯基的影響，《地下室手記》對《變形記》的影響，正是一條隱藏在文學背後的河流。而在這條河流中，卡夫卡是孤獨、醒目的島嶼，果戈里是諸多源頭中的一支前端之流。其中，《鼻子》《死魂靈》《欽差大臣》等作品，毫無疑問給後來者的某種寫作，有着無限無言的啟迪，與 20 世紀文學中的荒誕、幽默、誇張和各種各樣的現代與後現代的創造，有着諸多根源的意義。

就此而言，我們不難明白，文學中的一切誇張，都是原因小於結果（或原因遠大於結果）的一種敘述，都是違背現實主義邏輯關係中全因果[86]對等關係的寫作。原因小，而結果大，則為文學之誇張（反之亦是如此）；進之一步，無因而有所果（如《變形記》），則可能從誇張走入荒誕的範疇。此間，在誇張和荒誕中，還包含着作家敘述的態度，戲謔是誇張之路（如果戈里），莊嚴則可能是荒誕之途（如卡夫卡和貝克特）。而平靜的遊戲（如馬塞爾·埃梅和意大利的卡爾維諾），則是從傳統走向現代平靜而勻稱的腳步。當然，當作家面對這些，態度變得複雜起來，變得莊嚴而遊戲時，也許就成了《第二十二條軍規》那樣的黑色幽默了。

那麼，誇張與傳奇，在《鼻子》這篇小說中，誇張的依據又是甚麼呢？之所以這樣是因為那樣的根據又到底是因着甚麼呢？

那個瓷實的鼻子為甚麼會跑到伊萬·雅科夫列維奇的麵包裏？如前所述，原因就是這位理髮匠在給人「刮臉的時候，（總愛）那樣揪着人家的鼻子，簡直就要把它們揪下來。」這是一個絕妙的細節，又是那個鼻子丟失的唯一依據，既寫了鼻子「被割下來或揪下來的可能」，又省略了果真揪下或割下及其沒有揪下或沒有割下的具體和實在 —— 如一絲幽風的吹起，一棵大樹便被連根拔下那樣的神奇。原因倒是有

---

86 同前，《發現小說》，第 92 頁，所謂現實主義的全因果關係，是指現實主義寫作中，一切都事出有因，而且必須是因果的品質完全相等，有多少原因，方有多少結果。之後有多少結果，之前必有多少因為。

的，結果卻完全超出了原因的力量和限度。

> ……突然，他（柯瓦廖夫）像生了根似的停在一家人口的門口；一件難以理解的怪事在他眼前發生了：一輛馬車在門口停下；車門打開了；彎着腰，跳出一位身着制服的紳士來，一直跑到樓上去了。當柯瓦廖夫認出這是他自己的鼻子時候，他是多麼的害怕而又驚奇啊！……他（鼻子）穿着繡金的高領制服，熟羊皮褲子，腰間挎一口劍。從一切跡象上都可以看出他是到甚麼地方去拜客的。[87]

在這，之所以鼻子會變成高貴的文官，佩劍上車，其原因正是前面的「柯瓦廖夫是因為有事才上彼得堡的。運氣好，弄到個副省長，否則就在甚麼紅衙門裏當個庶務官。[88]」這鼻子之所以會變成五等文官，也正與柯瓦廖夫渴望上爬晉升的心理構成了內在的因果對應。

情節、細節、故事就是這樣，當柯瓦廖夫想要去報社登廣告尋找鼻子時，那位報社管廣告業務的官員卻以擔心大家評論「報紙上盡登一些荒謬的話和無中生有的謠言」[89] 而拒絕。當他的鼻子失而復得，去尋找醫生幫助讓鼻子回到臉上時，醫生又希望他把他的鼻子賣給自己的診所。當柯瓦廖夫回憶鼻子丟失的原因時，他卻想到的是一位校官的夫人波德托奇娜，想把女兒嫁給自己而自己未曾爽快答應，她才使壞讓自己鼻子丟失的。當鼻子重新回到自己面前時，那位送回鼻子的

---

87 同前，第 46 頁。
88 同前，第 45 頁。
89 同前，第 52 頁。

警官巡長，卻要收上一筆不菲的費用。總之，在這一連串的情節中，故事推進與發展的因為和所以，都不在一條軸線上。因為 A，所以不是 B；因為 B，所以是 C 或 D。這如同柿子樹上結蘋果，條件與結局總是錯位和不搭。於是，我們在《鼻子》這篇誇張、傳奇的 19 世紀的名作中，先不去談論小說的意義，僅就故事與情節的因果邏輯言，看到了故事與情節的幾種因果之聯繫：

一、隱因果。或說心裏存在的內因果[90] —— 柯瓦廖夫想要上爬而出現的鼻子成為五等文官之情節。

二、零因果[91] 的無因而果。或被刪除了原因的結果 —— 如柯瓦廖夫的鼻子的丟失。

三、非對等因果 —— 理髮匠愛揪人鼻子與鼻子的丟失。

四、錯位因果 —— 因為桃樹泛綠所以杏樹開花式的因東而西，如柯瓦廖夫認為自己丟失鼻子是因為未答應校官夫人想把自己女兒嫁給他的提議所致。

此例多多，在《鼻子》中形成的誇張和傳奇，皆緣於這種現實主義情節上的傳統因果關係改變所導致。因此，當我們去思考閱讀 20 世紀現代小說之變時，分析 19 世紀如《鼻子》般的誇張與傳奇，是可以找到一把新的打開寫作之門的關鍵鑰匙的。

2016 年 2 月 25 日 於香港科大

---

90 同前，《發現小說》，第 157 頁，是不講原因而只講結果的一種文學邏輯。簡言之，內因果是指小說在故事與人物的發展進程中，依靠內真實、而非生活表面的邏輯真實來推動人物變化的原因和結果。

91 同上，第 76 頁。

第
十
講

思想
：
射向目標的箭和纏箭而繞的風

思想：射向目標的箭和纏箭而繞的風

對於作家與作品，常受傷害的是「思想」。是論家常說的「主題思想」。一當作品被論家總結和概括出了「主題思想」，並且那一言以蔽之的「思想」又被廣泛的讀者所接受，那麼這部作品，就已經瀕臨死亡之邊緣。一如一首詩，當吟者完全明白洞悉了詩的意思，那麼那首詩還有甚麼意義呢？

床前明月光，

疑是地上霜。

舉頭望明月，

低頭思故鄉。

這首詩淺白確定，幾歲的孩童都可誦背明瞭。那麼在千年之後，我們為甚麼還要背誦相傳呢？其原因並不是它明瞭的鄉愁意味，而是那明瞭之後它所帶給人的不同的意境想像和彼此各異的對鄉地與世界的愁思之纏繞。蘇軾的「竹外桃花三兩枝，春江水暖鴨先知。蔞蒿滿地蘆芽短，正是河豚欲上時。」和李白的《靜夜思》一樣，都是父母與保姆最早在孩子牙牙學語時教給孩子們的詩句。之所以教它，不僅是因為它淺白明瞭，孩子們有懂的可能；還因為這《惠崇春江晚景》在惠崇初春那清晰的畫面之後，有模糊、盤繞，人人皆可以感受但不一定人人都能說清、抓住的一條時間的河流和一段又一段生命來去流

失的感歎。如果不是這些被《靜夜思》所勾起的各人不一、盤繞不散的多種難言的愁思，不是一幅初春圖景後面的抓不住的時間與生命的河流，我們又哪兒會代代輩輩地把《靜夜思》和《惠崇春江晚景》掛在口上，背給我們的兒孫並期冀他們有一天也背給他們的兒孫呢。

小說亦是如此。

魯迅說他一生的寫作，都是在於對國民性的批判，簡單明瞭，思想如箭，確也讓人抓住了其作品中網麻的綱繩。可在那些小說中，倘是僅僅這些，我們閱讀它還有甚麼意義？百年之後，中國人、中國的讀者，有誰還不知道國民性的愚鈍、落後和精神滯塞，正是我們民族不能速為文明的阻隔？有誰不願讓自己骨血中的國民性，早日滌盡而流淌着清潔無塵的血液？之所以今天我們仍然要閱讀先生的作品，是因為那除了一言以蔽之的國民性之外，他的小說中還有太多的東西。他對底層人的恨怨與同情，對讀書人的愛憐與無奈，對現實世界的揭示與諷喻，還有那鄉間文化散散落落的描述和頌美，童年的記憶，中年的憂傷，對惡醜的犀利之批判，對中國未來的擔當和焦慮。還有他那精準簡樸又別樣的遣句與說詞，幾乎每篇小說的故事，都力圖尋找一樣不同的講故事的方法。這構成了魯迅小說豐富的意義，而不是簡單的一個國民性批判的主題思想。

在魯迅的小說中，「主題」是他射向目標的一支帶有嗖聲利響的箭，而繞着那利箭盤纏不止的豐沛的思想，則是我們可以不斷閱讀、體味的博大的精神。對於一個作家而言，當一部分作品完成之後，論

家和讀者匆匆一讀，如探囊取物般抓住了你作品的主題或思想、思考的主旨，那也實質上就是人家一把扼住了你的咽喉，稍一用力，作品也就當即死去；高抬貴手，加之中國式人情的寬容，你的作品也才可以多有一些喘息的時日。

然而，多幾時日，終也不過是一個死亡的結局。時間常常會替人情和寬容來處理這些文學史和中國論家、讀者都難以啟齒的狠話。他們微笑着把主題說出來後，就已經讓另一支利箭準狠歹毒地朝作家與他的作品射了過去。死亡就在眼前。而他們，無非礙於面子，就用沉默來等待時間的判決。然後把那得罪人的真言，推罪給時間的無情，忘記了他對主題思想準確（如果準確的話）的概述，其實也正是對作品與作家最為無情的一擊。我一向以為，主題思想是對作家作品最狠的屠刀。而作家的寫作，在諸多的掙脫和創造中，所要拓展卻又難以拓展的，正是這個讀者和論家每時每刻都要抓住的思想。在這兒，思想和其它文學的方方面面的掙脫與創造概莫能外，作者與讀者和論家，其實是在進行着各種對抗和逃離。他們想圍住作家和作家的作品的主題，在閱讀中剿殺和狂歡，而作家則希望他們在閱讀中無力剿殺而尊崇他和他的作品。尤其在所謂的主題思想上，作家的寫作與讀者和論家是最易、最常在這一點上開始兵刃相見的。他們以抓住和拆死為目的，作家以逃離和彌散為目的。這是一場遊戲，也是好作家與好的讀者和批評家在鬥場上終生的纏鬥。《紅樓夢》似乎人人皆懂，又似乎人人都不曾真解。這也就是它高於《水滸傳》與《三國演義》的

精神之所在。

前者之思想，為彌散之精神，霧霧團團，纏纏繞繞，明明可見，而你卻又真的難以抓住並擁有。而後者，在思想與精神的層面上，則常常被讀者與論家抓住或以為抓住而輕慢。一部小說在問世之後，即便讀者以為抓住了主題，那也是人家在作品咽喉上重重的一拳，更何況真正抓住而微笑着揹死。這也就是生死擂台之一說。但以為抓住卻又沒有抓住，以為可以抓住，卻又總是不能抓住，如同美麗的蝴蝶在前邊的翩翩而舞所引逗的後邊的腳步。追逐並抓住，便是蝴蝶的災難；追逐而不能抓住，則是一場美極的遊戲。

是蝴蝶的一場勝利。

當然，蝴蝶飛得過遠過快，而在後者的視線中徹底消失，那也一樣可能（或暫時）是蝴蝶的失敗。對於捉蝴蝶的人，他不能看見蝴蝶的存在，那也就是蝴蝶的不在，儘管真相不是這樣。儘管在二十世紀的寫作中，那思想的蝴蝶，並不以讀者看見而存在。但在十九世紀的文學中，這場捉蝴蝶的遊戲或逐鬥，還是作家與讀者與論家千作不變的一個鬥場。

只不過，在這場遊戲或鬥場中，論家總是站在讀者的一邊，總是和讀者結為緝拿思想的同盟，而作家要面對他們 —— 這些敵人，總渴望小說的主題與思想既有利箭的速力，以一響之功，射穿他們的心房，又渴望有蝴蝶翩飛的舞趣，引逗他們，又不可讓他們真的得手而捉去，從而領帶讀者進入一片霧絲纏繞的思想之地，處處可見，又難

以手縛。

當然，在這種境界內外的遊戲中，常常站在鬥場上舉起雙手慶賀的是那些論家與讀者，而非作家與作品。也正因這樣，一場又一場的失敗與終結，才使作家要一部部地寫下去，以求後面一場又一場新的追逐、緝拿與逃離的精神遊戲及思想之場鬥，會獲得一次半次的勝利。

.... ● ....

法國作家都德（1840-1897）是中國讀者熟悉的人物，也是歐洲讀者熟悉的典例。因為他的短篇規整、簡潔，充滿正能量，不斷地被選入課本而使一代一代人閱讀和學習。尤其是《最後一課》和《柏林之圍》，那麼，就這兩篇小說的主題而言，就真的那麼簡單、明確而不含糊嗎？如果真是這樣，它又為甚麼會有那麼強的生命力？就其主題而論，我們的理解是傷害了這兩篇小說，還是恰到好處或者豐富了這兩篇小說呢？

在我一直使用的《世界短篇小說經典》叢書的法國卷中，是這樣推薦介紹這兩篇小說的：「這兩篇均以普法戰爭為題材，帶着巨大的悲愴感，表現各種人物身上的悲劇性，而個人的悲劇直接源於法蘭西民族的悲劇，使小說充滿了愛國主義激情。風格洗練、淡雅柔和，有濃郁的感情色彩與幽默的情趣，富有詩意。[92]」這樣的介紹，和我在中學課本上讀到的推介如出一轍。簡言之，這小說就是愛國主義最好、

---

92 《世界短篇小說經典》（法國卷），第 175 頁。

最偉大、最經典的作品罷了。但是，「意思」就真的那麼簡單嗎？真的可以那麼一言以蔽之而罔顧其它嗎？以《柏林之圍》為例，故事我們人人皆知，寫了法國在普法戰爭中的慘敗。在這個慘敗的背景上，老上校儒弗 —— 那位拿破崙帝國時代的老軍人，一生為軍人的榮譽活着的人，為了看到法國軍隊在戰爭中凱旋歸來的儀式，就特意搬到愛麗舍大街有陽台的房子，希望可以站在陽台上一覽無餘地看到法國軍隊勝利歸來的慶典。可是，他中風了。已經到了生命的最後，他的孫女為了不使他在法國慘敗的憂傷中死去，在普魯士軍隊包圍巴黎的時候，一直謊告他法國軍隊節節勝利，現在已經打到德國，包圍了柏林。

這是一個浪漫並在戰爭歲月裏充滿着倫理親情的小說。當然，在故事的最後，當老上校最終看到走進巴黎城、踏入愛麗舍大街的不是凱旋而歸的法國軍隊，而是普魯士的軍隊時，便頓時倒下而死去。不錯，故事是悲愴光亮的，主題是愛國正面的，尤其到了小說的最後：

……正當普魯士軍隊小心翼翼地沿着從瑪約門到杜伊勒利宮的那條馬路前進的時候，樓上那扇窗子慢慢打開了，上校出現在陽台上，頭頂軍盔，腰挎馬刀，穿着米約[93]手下老騎兵的光榮而古老的軍服。我現在還弄不明白，是一種甚麼意志，一種甚麼突如其來的生命力使他能夠站了起來，並穿戴這麼齊全。[94]……

---

93 米約（1766–1833）：即 Edouard Jean Baptiste Milhaud，拿破崙麾下著名的將領。
94 同前，法國卷，第 182 頁。

這的確是一段對人物充滿愛國激情的描寫，而且，小說的全篇，都洋溢着這位老軍人對榮譽的守望，對法國軍隊勝利的渴念。在這個基點上，我們怎樣去理解《柏林之圍》的愛國主義都是可以的。然而，當我們把這篇小說簡單、武斷地理解為愛國主義的詩篇，並把這種對小說主題化的粗魯概括，一言以蔽之傳遞給學生、讀者並被其照單全收、完整接受的時候，我們掩蓋沒掩蓋這篇小說其他、甚至更為複雜的意義與意象？我們是否用僵硬、傳統的「主題化」的理解，曲解了小說豐富、複雜的表達？

我以為，至少在《柏林之圍》這篇小說中，被我們中國式的愛國主義（高大上）的主題思想解讀後，還有以下的思想意蘊，被我們手起刀落、頭斷體亡地遮蔽了，忽略了。

首先，我們來看看這篇小說中敘述人的態度（作家立場）

……我被找去診治一個突然中風的病人。他是儒弗上校，一個拿破崙帝國時代的軍人，在榮譽和愛國觀念上是個老頑固，戰爭一開始，他就搬到愛麗舍來，住在一套有陽台的房間裏。你猜是為了甚麼？原來是為了參觀我們的軍隊凱旋而歸的儀式…… 這個可憐的老人！維桑堡[95] 慘敗的消息傳到他家時，他正離開飯桌。他在這張失利的戰報下方，一讀到拿破崙的名字，就像遭雷擊似的倒在地上。[96]

……

---

95 維桑堡：法國東北部的城市，普法戰爭中，1870 年 8 月 7 日，法軍一個師被普魯士軍隊殲滅於此。

96 同前，第 176 頁。

　　她（上校的孫女）長得很像他（老上校），瞧他們在一起，可以說就像同一模子鑄出來的兩枚希臘古幣，只不過一枚很古老，帶着泥土，邊緣已經磨損，另一枚光彩奪目，潔淨明亮，完全保持着新鑄出來的那種色澤與光潔。[97]

　　⋯⋯

　　於是，在廣場上一片淒涼的寂靜中，聽見了一聲喊叫，一聲慘厲的喊叫：「快拿武器⋯⋯快拿武器⋯⋯普魯士人。」這時，前哨部隊的四個騎兵可以看見在高處陽台上，有一個身材高大的老人揮着手臂，蹡蹡跟跟，最後全身筆直地倒了下去。這一次，儒弗上校可真的死了。[98]

　　《柏林之圍》是通過一個醫生之口而講述的故事，正如《最後一課》是通過一個愛翹課的小男孩講述的故事一樣，假藉人物的第一人稱，卻又有清晰的講述，代表着作家的立場、態度和對人物與現實的理解。而在這個講述的過程中，凡講到老上校的地方 —— 而不是小姑娘和醫生對戰爭的虛構和掩蓋，如上邊我們所引的文字一樣，讀者都可以讀出醫生含有幽默的對老上校那種古板、狹隘的軍人精神、榮譽至上的「微笑」（嘲笑？）的揶揄與淡淡的嘲諷。當然，這種嘲諷是善意的，美好的，而非鮮明的批判與諷刺。可就是在這種「微笑的揶揄」中，我們也正讀出了作家對狹隘的軍人與榮譽乃至簡單的愛國主義的「批評」，至少不是無保留的讚同。然而，這種小說中比愛國

---

97 同前，第 176 頁。
98 同前，第 183 頁。

主義和所謂的榮譽至上的軍人精神更複雜的小說意蘊，在我們談論的「主題思想」中去了哪兒呢？是被遮蔽了還是被所謂的「主題思想」刀起頭落了？

現在，我們再來討論小說中和老軍人一樣、甚至着筆更多的老人的小孫女。故事的關鍵之處，是有這個「色彩奪止、光潔明亮」的小孫女來構置完成的。「她是兩代軍人之後，父親在麥克馬洪[99]元帥的參謀部服役，躺在她面前的這位魁梧的老人的形象，在她腦海裏總引起另一個同樣可怕的對父親的聯想。[100]」這清楚地交待了小女孩的身世，交待了她面對瀕臨死亡的爺爺而對在前線的父親的擔憂。為了使老軍人保有法國軍隊勝利的幻想，使他高高興興復活，在醫生的提蟻下，要向老人不斷地撒謊。於是，小姑娘對爺爺承擔了這個美麗的撒謊者的角色，她不斷地編造法國軍隊在前線勝利的謊言。「她日夜伏在那張德國地圖上，把一些小旗插來插去。窮力編造出一場場輝煌的戰役。[101]」就這樣，老人偏癱的身體在這種謊言戰役的大勝中，一日日好了起來。直到巴黎被圍，小姑娘編造的故事卻也到了法國軍隊圍困柏林之時。而在她的謊言故事中，法軍將要攻克柏林的時候，也正是普魯士軍隊真正攻進巴黎的時候⋯⋯最後，老人站在陽台上觀看法軍凱旋時，看到的卻是普魯士軍隊挺進巴黎的景象。

99　麥克馬洪（1808–1893）：法國元帥，普法戰爭時，在雷舍芬戰役中慘敗，後又負傷。1873 至 1879 年任法國總統。

100　同前第 176 頁。

101　同上，第 177–178 頁。

於是，「老人揮着手臂，蹌蹌踉踉，最後全身筆直地倒了下去。[102]」老人死了，小說完結。在這個所謂愛國主義的小說中，我們不正可以讀到來自小姑娘的那種超越愛國的對爺爺、父親的擔憂與摯情摯愛嗎？這種美好、明晰的家庭倫理的親情在我們對「愛國主義」這一強大的主題概括時，它又去了哪兒呢？為甚麼人類最美好的親情、人性和互愛的意蘊在「愛國主義」這宏大的主題下面總被掩蓋和丟失呢？還有老軍人對舊時代——拿破崙時期奇怪、偏執的懷念和遙想，以及韋醫生對那場戰爭導致老人死去的「微笑的敘述」和揶揄的態度，凡此種種，就小說意蘊——而非我們貫常寫作與閱讀習慣中所思考的「主題思想」，《柏林之圍》的複雜性與豐富性，確實無法與同類戰爭背景下的《羊脂球》相提並論。就二者所言，如果說前者的思想是源自小說射出的箭，那麼後者則是那支箭永遠穿不透的風；如果前者的思想是直立的一座愛國紀念碑，那麼，後者則是那紀念碑的最為堅實、牢固的人性的底座。然而，面對《柏林之圍》，我們必須也要細心、坦誠地承認，它並非為那麼簡單、純粹的一篇愛國主義的教育小說。

不錯，小說藝術節奏的明快與柔和，語言敘述之簡潔，情節之巧妙，細節之有力，這都構成了《柏林之圍》的特色，足可以讓這類「正主題」小說在如浩瀚雲海的十九世紀短篇王國中有一席座位。而且這部短篇沒有用第三人稱的全知之敘述，而是用了假藉第一人稱「韋醫

102　同上，第 183 頁小說結尾。

生」的旁觀之口來觀察和講述，也為這個浪漫故事既增加了真實的砝碼，又避免了真正的第一人稱關於人物內心那些難以言明的複雜之纏繞，這就證明了都德講故事的能力和功夫。加之小說在直立、明瞭的主題之外，畢竟還圍就、飛拂和纏帶着韋醫生回憶那場戰爭「微笑的揶揄」，纏帶着小姑娘透明、晶瑩的對父親和爺爺美到極致的倫理之愛與人性的溫暖。就是老上校那至高無上的，甚或為狹隘的愛國主義激情中，也還因為對拿破崙的懷念，為他在普法戰爭慘敗而痛死的愛國主義增添了悲涼而豐潤的人物血液，而非《最後一課》那樣，把愛國主義寄託在「法語」之上，使得《最後一課》顯出了空洞的說教。

　　然而，這兒我們還要多說一句，把《最後一課》從「愛國主義」的宏大主題中拖拽出來，讓它的意蘊而非主題停止或倒回到普法戰爭後阿爾薩斯人[103]對語言 ── 人類的語言 ── 法語的最後的眷戀，不是更適合這篇小說嗎？讓這篇小說更有回嚼的人類與語言不可分離的粘稠和意蘊的盤纏之美嗎？為甚麼我們一定要將其理解為「愛國主義」呢？

　　　　　　　　　　　　●

　　當我們把《柏林之圍》，尤其是《最後一課》和《羊脂球》放在一起比較時，不言而喻，我們看到了它們在思想上的簡淺和直白，看到了作家在故事中直奔主題的腳步和急切，乃至於說教的討嫌和顯擺的貌似莊嚴的面孔。《最後一課》總是在教科書上連年出現，大約也

103　阿爾薩斯，法國東北部的一個省，普法戰爭後割讓給了普魯士。

是這面孔的意義。可是，我們之所以要在「思想：射向目標的箭和纏箭而繞的風」中選擇這兩篇小說，也正是它們主題「鮮明」，而意蘊相對簡淺，更容易讓我們明確這些和分析這一些。

而如果要討論主題的複雜性，意蘊的豐富性，同這兩篇小說相比較，更應該談論的是莫泊桑的《羊脂球》。而同《羊脂球》相比較，意蘊更為模糊、盤纏、豐富而複雜的當屬我們講過的契訶夫的《大學生》。《大學生》在這篇短短的僅有幾千字的小說中，它的意蘊之厚實、之纏繞，之讓讀者可以意會而又難以言傳，並讀後久久縈繞而不散地給人們憂傷疼痛的思考，在十九世紀的短篇中，可謂鳳毛麟角，少之又少。

這兒，在我們談論「主題」時，可以說《柏林之圍》是被簡化了意蘊而又不失意蘊存在的範本。那麼，從小說的主題，到圍繞主題纏繞的意蘊，《柏林之圍》又是怎樣完成的呢？是怎樣沿着這一路徑開始而又結束的呢？

讓我們重複地再次引用此前引用過的一段話：

> 他是儒弗上校，一個拿破崙時代的帝國軍人，在榮譽和愛國觀念上是一個老頑固，戰爭一開始，他就搬到愛麗舍來，住在一套有陽台的房間裏。您猜為了甚麼？原來是為了參觀我們的軍隊凱旋而歸的儀式。

這是故事敘述開始對人物與事件的陳述，也同樣是對主題思想的點睛（也實在是一種老實、板正的做法，極是適合教科書的需要）：

「愛國觀念上的老頑固」，簡單的一句，闡明着可能的主題和人物的特徵。但在接下來的講述中，都德顯示了他在故事緊扣主題方面的寫作能力。一切的進行，都環繞着老上校的病與戰爭勝負之關係，且幾乎在小說中無一處閒筆與散語，寫得急促而急迫。生病是因為在維桑堡這個法國北部的城市，法軍一個師被普魯士軍隊一舉殲滅之消息。而病又有好轉，是因為法軍在萊茵河下游雷舍芬地區和普魯士軍隊經過激烈的會戰，雖然再次失利，可從那兒傳到後方巴黎的消息，卻是莫名其妙的荒謬訛傳，說是法國軍隊大敗普魯士軍隊。於是，這場訛傳的勝利，使老上校的偏癱又開始有了鮮明的好轉。之後，就是他的孫女為了爺爺的病情，不斷製造法軍大勝德軍並組織圍困柏林的故事，直到真相大白，上校轟然倒下而死亡。

可以說，《柏林之圍》這篇小說的主題，就是帶着鮮花而射向目標 ── 主題的響箭，快速、急切，從不左顧右盼和調頭拐彎，直達我們理解的那種粗魯簡淺的所謂愛國主義。 ── 我以為是在微笑中含帶揶揄的被拔高的愛國主義。然而，在這過度鮮明甚至顯出瘦骨嶙峋的「愛國主義」面前，小說的成功之處是，它給我們塑造了一個鮮明、突出的老軍人的形象 ── 儒弗上校。他古怪、偏執卻又堅定，對軍人的榮譽充滿嚮往、守護和至死不渝的堅守。而在塑造這個人物時，作家則放棄了所有敘述中的說明與教條，幾乎全部是用人物的行為與細節來塑建、鞏固、發展和最終的完成。

維桑堡慘敗的消息傳到他家時，他正離開飯桌。他在這張宣告失利

的戰報下方，一讀到拿破崙的名字，就像遭到雷擊似地倒在地上。[104]

......

......直到那天傍晚，我們都以為是打了一個大勝仗，殲滅了兩萬普魯士軍隊，還俘虜了普魯士王太子......我不知道由於甚麼奇跡、甚麼電流，那舉國歡騰的聲浪竟波及我們這位可憐的又聾又啞的病人，一直鑽進他的癱瘓症的幻覺裏。總之，這天晚上，當我走近他的床邊時，我看見他不是原來那個病人了。他兩眼有神，舌頭也不那麼僵直了。他竟有了精神對我微笑，還結結巴巴地說了兩遍：

「打......勝......了！」[105]

後邊的故事，就全部是圍繞着小姑娘與韋醫生編造的法軍節節勝利，而普魯士軍隊節節敗退的謊言來展開，老上校從肉體到精神的一系列變化，直至最後他誤以為普魯士軍隊開進巴黎是法國軍隊凱旋歸來。敘述者從不讓筆墨離開人物半步，更不讓小說有一絲閒筆之存在，直到人物 —— 這個鮮明但也單一的人物塑造的最終完成。這兒，不能不說，作家給我們提供了一條在十九世紀最為重要的通向小說思想的路道 —— 塑造人物。

甚或說，在 19 世紀的寫作中，小說往往是人物有多麼複雜，小說的思想就有多麼複雜。人物有多麼兀立和鮮明，思想就有多麼簡單與鮮明。而當小說人物（如前邊講過的《丈夫》《三怪客》《羊脂球》《大學生》

104　同前，第176頁。
105　同前，第177頁。

等）在人性上有多麼的豐富和不可界定的捉摸，那麼小說的意蘊就會變得多麼難以捉摸的豐富、纏繞和讓我們閱後久久地思想及回想。

──────── • ────────

當然，在文學作品中，尤其是到 20 世紀之後，無論是短篇還是長篇小說，是戲劇還是電影，乃至於繪畫與詩歌中的某類詩和畫，就其主題、思想和意蘊這三個層面，並不單純是只有通過人物才可以走到遠或近的彼岸，走到那塔與峯的頂界。在這條通往目標、彼岸的路上，哲學、俗相、浮生、論說、故事的龐雜與似閑非閑的描摹、抽象、寓言、象徵和作家在故事中為讀者留下的空白之想像，千徑萬途、千姿百態、千路走行，都可以達到那個豐蘊的境界與彼岸。然而，對人物的理解與塑造，說到底，還是這諸道中的道中道，眾途中的途中途，尤其在十九世紀的文學創作中更是如此。

2016 年 2 月 29 日 於香港科大

第 十 一 講

文學關係
：
寫作與閱讀的內脈線

文學關係：寫作與閱讀的內脈線

北島有一首很有名的詩是這樣的：

人生

網

這是中國詩中最短的詩。這首詩倘若不是出自北島，那就是一場文學語言的小遊戲。但它是著名詩人的嚴肅之作，是詩人對人生的深疑之感慨。於是，這首詩因為最短，因為出自北島而變得著名了。被詩論家每每談起中國的朦朧詩時掛在嘴邊了。

現在想，這首詩的題目是「世界」，而詩句還是那個獨字兒：「網」。也許就更為恰切了。

無論人生是網，還是世界為網，但把這首詩用來理解文學 —— 主要是小說，那就會有別樣的破解、窺視小說寫作的鑰匙或閘扉。

小說

網

或說：

文學

網

所謂網，就是關係而已。人與人的關係，人與物的關係，物與物的關係；情感關係、生理關係、道德關係、最後匯總為人物與人物、人物與世界的情感和生命的魂靈聯繫，這就構成了文學脈絡的那張網。

說到底，小說是各種關係構成的一張網。這一課是本學期我們寫作的尾聲課，也可謂收網課和總結課。那麼，我們就大體來梳理、淘洗一下文學的這張網絡關係圖。

⋯⋯⋯⋯ ● ⋯⋯⋯⋯

首先是文學中的倫理關係。

這在 19 世紀文學中是最為重要的文學關係。在第一講「故事：一種講述的責任與契約」中，我們應該拿出時間來分析人物與人物的倫理關係所構成的文學關係對故事結構的決定性意義，但因時間問題，我們省略了這部分。現在，我們來補缺這一點。並且，就文學內部的各種複雜、微妙的關係言，人物與人物的倫理關係，是這各種關係構成的文學網絡中最為矚目的那根、那組或那幾根、幾組網絡線中的綱。是麻亂一片中最為有據可尋的線索和路徑。是一棵大樹之主幹，是一片藤蔓間最為重要的主纏。《紅樓夢》人物眾多，故事龐雜，但在閱讀中卻讓我們覺得清晰明瞭，有條不紊，就是因為千人萬人，都在圍繞着那個大觀園。在大觀園裏，張長李短、趙彎孫繞，人物關係縱橫交錯，但在這交錯縱橫中，故事與人物所圍繞的又是榮國府。在榮國府中老老少少、左左右右，從家族倫理看，所有的人都在圍繞着賈母。從賈母開始，賈家的人物倫理圖系是可以這樣呈現的：

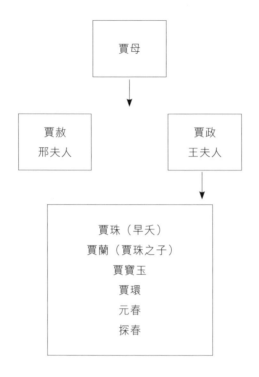

而與榮國府並行相連的還有寧國府。寧國府中也有一組與荣國府賈家相應相似的家族倫理關係脈絡線。這兩個家族的倫理線，一主一輔，構成了《紅樓夢》人物脈絡的倫理藤蔓和枝椏。這是《紅樓夢》中的那張人物網的綱。而在這個網綱線索上，還又形成一個網絡的主要點，那就是人物賈寶玉和圍繞賈寶玉展開、放射的林黛玉和薛寶釵以及其他的十二金釵和散而有序的人物們。正是這個人物關係的脈絡網，構成了《紅樓夢》的故事網絡和敘述口。賈寶玉是這個文學故事網的最圓心。由他放開而波及的十二金釵，如湖面落石的圓心與波環紋，或說是由賈寶玉這塊滑過湖面而時起時落的玉石帶起的一連串的倫理波紋與社會現實之線索，直到石沉而紋波止，賈家衰敗而幕落。

《戰爭與和平》和《紅樓夢》一樣，人物眾多，百色百景，但人物的倫理脈絡始終是圍繞着四個家族而展開：

一、博爾孔斯基家族：老博爾孔斯基公爵及妻子尼古拉與兒子安德烈公爵和女兒瑪利亞；

二、羅斯托夫家族：老羅斯托夫伯爵及女兒娜塔莎和兒子尼古拉；

三、別祖霍夫家族：老別祖霍夫與私生子皮埃爾；

四、庫拉金家族的庫拉金公爵及兒子阿納托利。

其餘的元帥、將軍、軍官、士兵與百姓，人物過百，都在故事中串繞在這四個家族的人物藤線上或藤線之周圍。一部《戰爭與和平》，故事與人物，可說是升騰飄漫在戰爭硝煙中如盛夏烈日間的一座巨大、旺茂的葡萄架，戰爭中的俄羅斯的大地，構成了其文學之土壤，四個家族是扭結在一起的四棵樹，卻如同一棵緊密纏繞的葡萄架棵的主枝幹，而其餘的人物都是這些棵稈上的藤蔓和果實，無論是掛果或落果，熟葡萄或者壞葡萄。

可與《紅樓夢》《戰爭與和平》眾多人物相論相說的，其人物家族倫理關係又有相似之處的是二十世紀的名作《百年孤獨》。相比之下，《百年孤獨》歷史跨度之大，時間伸縮之長，人物家族關係脈絡之亂，當屬世界文學之最。在這部小說中，單是出場的人物就有七代至多，百人之眾，加之未出場而被作家追溯敘述的上源家族，約為十代，歲逾百年。

從出場人物之家族為例，《百年孤獨》的人物家族倫理圖大概為這樣：

第一代

何塞·阿爾卡蒂奧·布恩迪亞
烏爾蘇拉·伊瓜蘭（妻子）

第二代

何塞·阿爾卡蒂奧
（長子）
麗貝卡（妻子）
卡爾內拉（情人）

奧雷里亞諾·布恩迪亞上校
（次子）
蕾梅黛絲·莫絲科特（妻子）
庇拉爾·特爾內拉（情人）
另有情人十餘

阿瑪蘭妲·
布恩迪亞（女兒）
皮埃特羅·
克里斯皮（情人）

第三代

阿爾卡蒂奧
（私生子）
桑塔索菲亞·
德拉·彼達（情人）

奧雷里亞諾·何塞（私生子）

十七個奧雷里諾

第四代

蕾梅黛絲（女兒）

何塞·阿爾卡蒂奧第二（雙胞胎
兒子之一）
佩特拉·科特斯（情人）

奧雷里亞諾第二
（雙胞胎中另一個）
佩特拉·科特斯
（情人）

第五代

何塞·阿爾卡蒂奧

梅梅·布恩迪亞（女兒）

阿瑪蘭妲·
烏爾蘇拉（次女）

第六代

小奧雷里亞諾·布恩迪亞
阿瑪蘭妲·烏爾蘇拉

第七代

奧雷里亞諾

當我們在一部龐雜宏大的故事和人物部落中把人物的倫理譜系大致整理出圖表後，其實我們是把一個故事的筋骨挑剔出來了。以上三部小說，都是家族倫理脈系構成的，這讓我們清楚地看到，原來偉大的傳世之作，其實多少也都是一部故事的「家族史」。而當我們將其視為「家族史」時，那偉大之作的神秘也就或多或少地將其面紗撩開了。還有中國文學中巴金的《家》，曹禺最著名的話劇《雷雨》，無不是圍繞着家族、家庭的倫理線索和倫理矛盾、衝突來展開，敘述與演義着故事的源起、發展、潮頭和終尾。這兒，我們說的都是帶有家族、家庭性質的名作和典例，但在更多的小說名作中，其人物關係的主要成分擺脫了家庭、家族之倫理，呈現出另外一種人物關係網。

·

其次是文學中的社會關係。

在這類小說中，其中的人物關係非源自家庭、家族之倫理，而是由各種社會與歷史的複雜矛盾所構成。這種文學關係，可謂文學中人物的社會關係。在這種人物的社會關係中，我們同樣可以把故事中的人物與人物的關係畫出他們的脈絡線。

《悲慘世界》的主要人物關係圖是不是可以這樣子：

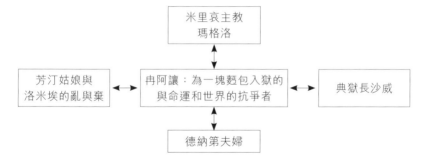

《高老頭》的主要人物關係大約可以這樣子：

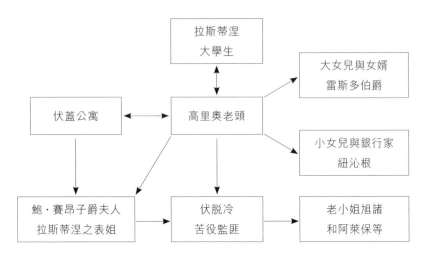

我稱這種主要有社會關係構成的文學人物關係為文學的社會倫理關係。這種文學人物的社會倫理關係，是更多小說的關係網。如《死魂靈》《羅亭》《前夜》《復活》《舒昂黨人》《歐也妮‧葛朗台》《罪與罰》《白癡》《巴黎聖母院》《紅與黑》《巴馬修道院》《包法利夫人》《情感教育》《愛瑪》以及哈代的《還鄉》和狄更斯的《艱難時世》《雙城記》等等。這些小說中的人物關係，大都是社會因素構成的人物與人物之關係，他們中間千絲萬縷的矛盾與糾纏，都源於社會的現實與矛盾，而非家族與家庭的倫理。所以，可稱其這種小說中的人物與人物的關係網脈為文學的社會關係網。

━━━━━━●━━━━━━

當然，在更多、更複雜的小說中，文學的關係網絡是更為混雜的，不能用簡單的文學倫理關係和文學的社會關係去區分和用圖表表

示。家庭、家族關係與社會和歷史的各色人物、矛盾糾纏在一起，與宗教、宗法矛盾糾纏在一起。家族倫理中混雜着各種複雜、凌亂的社會關係。這種社會關係反過來影響、改變着家庭與家族的倫理關係。如《卡拉馬佐夫兄弟》《父與子》《高老頭》《包法利夫人》《紅字》《根》《湯姆叔叔的小屋》《霧都孤兒》《簡·愛》，等等等等，更多的小說中是家庭、家族的倫理關係與複雜的社會關係滲透混雜在一起，彼此交錯，難捨難分，一會兒你高於我，一會兒我大於你，有時這種文學的社會關係影響改變着文學中的人物倫理關係。有時那種文學的倫理關係也改變、影響着人物的社會關係。我們稱這種混雜的關係為社會倫理關係，是文學關係的第三種關係。

其實，《高老頭》這部小說，就有最有代表意義的通過混雜的文學社會倫理關係所構築的小說結構。我們從上邊的關係圖中，已經看到了倫理關係中隱藏的社會關係。而在閱讀小說時，我們許多時候會更強烈地感受到社會關係的複雜與深刻，而不是家庭倫理的複雜與深刻。這和《卡拉馬佐夫兄弟》恰恰相反，在《卡拉馬佐夫兄弟》中，我們讀到了社會關係、宗教關係對家庭倫理關係的影響，使得卡拉馬佐夫家族（家庭）的矛盾深刻到黑暗而讓人驚悚。這就是社會倫理關係在文學中的意義，彼此混雜，彼此影響，它們的關係愈是混亂、混雜，彼此高下、大小的糾纏難解難分，小說的意蘊、意義就更為複雜、深刻，和值得長久的探尋。

就此種關係而言，《紅樓夢》《卡拉馬佐夫兄弟》《戰爭與和平》

都是成功的範例，而《三國演義》《水滸傳》這種多為社會的文學關係所構成的小說，相比而言，還是顯出了它的簡淺與大眾。再以後來者說之，巴金的《家》與茅盾的《子夜》，是倫理關係與社會關係構成的兩部兩類關係小說的典型。這兩部、兩類的典型，文學生命的成與敗，榮與衰，是文本內部最根本的原因之一。

──────●──────

顯然，我們這樣把一部部、一個個偉大作家的作品中的文學關係用文學倫理關係、社會關係和社會倫理關係羅列、繪製圖表出來也是簡單的、粗暴的，乃至帶有一定的文學冒犯和危險性。但不可否認，在十九世紀的寫作中，大體說來，文學內部的人物關係不外乎就此幾種。那些作品的故事，都是圍繞着這些關係所展開。內容都是這些關係上和關係間的矛盾、糾葛與衝突。它們間倫理上的情感與糾纏，社會與歷史對人和這種關係的影響與改變，以及人與人之間關係對社會關係的改造與改變。道德衝突、金錢慾望、戰爭與和平、生存與死亡、宗教與命運、愛情與毀滅，沿着他們的生命到來的時間與歷史，回憶與未來，還有人類的生存困境與人的靈魂之不安。幾乎所有的小說內容，都是在他們與他們之間，他們與他人之間，展現着人物關係間彼此的情感關係、心理關係、道德衝突和人物與歷史、與現實的想像和可能。就是《戰爭與和平》中除了這些重要家族和主要人物外，又寫了成千上萬的士兵和百姓的生與死，也都是這些關係上的枝葉、蔓條和果實。就是《百年孤獨》中用大量筆墨寫了這個家族的情人、

亂倫與私生子，也都還是家族身上的血肉、癭瘤與生命。

　　由此可見，當「文學：網」；或者說「小說：網」。這一說辭成立時，「關係」，就成了文學或小說的綱領了。而人物與人物的聯繫、交錯、對立、愛與恨、曖昧與糾纏等一切關係中的情感，就成了文學之本質。到這兒，我們其實可以說，故事與情節原本是沒有關係的。情節與情節的疊加與發展，並不會堆積成為一個故事體。而所有的故事，在那些偉大的文學中，都是人物與人物各種關係的顯露、展開或者隱蔽與藏匿；而情節與細節，都是人物在這種關係中上與下的台階和梯凳，都是人物內心與靈魂世界的情感細胞與血流管。

　　一句話，故事即文學之關係。

　　一句話，文學不僅是人學，更是人物間的關係學。

─────●─────

　　在文學關係中，文學不僅是人物與人物間有跡可循的人物關係學，還是人物關係深處的人的心理關係學之靈魂關係學。

　　這裏說的文學心理之關係，不單單是指人物的心理。還包括人物心理與世界和他人的關係。尤其是意識流和類意識小說，人物與人物、與世界的各種關係，不僅是用行為、語言在聯繫，更是在用文學的心理關係在聯繫。「但願人長久。千里共嬋娟」「尋尋覓覓，冷冷清清，淒淒慘慘戚戚」這裏的愁愁愁，思思思，也就一個愁字、思字而了結。可到底怎樣一個愁？怎樣一個思？心理的過程、行為狀態又是怎樣呢？在某一種小說寫作中，文學的心理關係彌補、呈現了這一

一八五 ── 第十一講 ── 文學關係：寫作與閱讀的內脈線

切。在生活中因無形無物，無法呈現而被我們忽略的人心之在，在文學中通過心理關係呈現出來了。比如在現實主義和現實生活中，甲與乙相隔千山萬水，彼此不說話，無行為，僅僅是「舉頭望明月，低頭思故鄉」心有想念，一閃而失。而這在生活中是被我視為「無」的聯繫，不存在的行為，在現實主義寫作那兒，也無非寫上「甲對乙異常思念」罷了。但人們是怎樣思念的？思念的經過又是怎樣呢？這種思念會彼此聯繫、交叉、交流嗎？這些在現實主義那兒都是難以完全、準確表達的，但在文學的心理關係中，在心理的文學聯繫中，都是可以充分展現並得以表達的：

多美好！多痛快！就像以前布爾頓的時候，當她一下子推開落地窗，奔向戶外，她總有這種感覺；此時耳邊依稀還能聽到推窗時鉸鏈發出輕微的吱吱聲……當時她站在打開的窗口，仿佛預感到有些可怕的事情即將發生；她觀賞鮮花，眺望樹木間霧靄繚繞，白嘴鴉飛上飛下；她佇立着，凝視着，直到彼得·沃爾什的聲音傳來：「在菜地裏沉思嗎？」[106]……

這是《達洛維夫人》的開篇，寫的是女主人翁為了晚宴去採摘鮮花，然而由於心理的聯繫，思緒卻到了她少女時期的故居布爾頓的莊園，因此也勾起了她對往日情人彼得·沃爾什的思念，從而頭腦中出現情人與丈夫理查的比較。爾後，是她對大戰中死去的士兵的聯想。因為這種聯想之聯繫，又使她沉於生與死的思考……如此，還未到來

106　（英）伍爾夫，《達洛維夫人·燈塔行》，桂冠圖書股份有限公司，1994年，第25頁，瞿世鏡等譯。

的現實的情景、貴婦淑女們的景況、女兒伊麗莎白、家庭教師等等，發生過和還未發生的，這兒的和異地的，存在和不存在的，都在她去倫敦買花的大街上到來並彼此發生着聯繫。與其說這是克雷麗莎的意識流，倒不如說是《達洛維夫人》呈現給我們的文學的心理關係圖。

……他們是些甚麼人呢？他們在談論甚麼呢？他們是屬於哪一個機關呢？K生活在一個法治的國家裏，人人安居樂業，所有的法律都在起作用，誰敢在他的住所裏侵犯他呢？他一直傾向於把一切事情看得很簡單，只有當最壞的事情發生時，他才相信有最壞的事情，甚至一切都到了危在旦夕時，他也不為明天擔憂。但是，在這兒採取這種態度，他覺得不是正確的辦法；他自然可以把這一切看成是開玩笑，一次十分無禮的玩笑，是他銀行的同事幹的，原因就不清楚了，也許因為今天是他三十歲生日，這自然是有可能的。[107]……

《訴訟》（亦譯作《審判》）中通篇都是這樣的心理文字。這種心理的描述，給我們提供的也正是 K 的心理與他人、世界和各種事與物的各樣矛盾和聯繫。這種文學的心理聯繫，當那兩位寫出《白癡》《罪與罰》和《卡拉馬佐夫兄弟》及《城堡》《訴訟》等作品的敏感而神經質的天才無意間實踐到了巔峯之後，喬伊斯、伍爾夫和普魯斯特們，把這種文學的心理關係，推向了亂雲飛渡的巔峯雲層。然無論怎樣，無論後來者如何評價他們和在寫作中進行新的心理關係的嘗試，到今

---

107 《卡夫卡小說選》，人民文學出版社，1994 年，第 307–308 頁，孫榮坤等譯。

天，文學的心理關係，都已經是寫作中最為常見、普遍的一種文學的關係了。

⸺ ● ⸺

除卻我們討論的文學倫理關係、文學社會關係、文學社會倫理關係和文學心理關係，還有文學的作家與文本之關係。這是文學關係的第五種。在這一關係討論中，我們回到十九世紀的寫作裏。回到我們一直為例的短篇寫作上。在十九世紀文學的版圖上，因為日本文學的崛起，也使得世界文學中存在着我們亞洲寫作的光芒。「日本的小說在二十世紀成就有了可驚異的發達，不僅是國民的文學的精華，許多有名的著作還兼有世界的價值，可以與歐洲現代的文藝相比。只是因了文字的關係，歐洲人要翻譯它頗不容易，所以不甚為世間所知。[108]」這是 1922 年 5 月周作人為周氏兄弟合譯的《現代日本小說集》所作的序中的論言，它說明了那時日本文學存在的世界性價值和被忽略的原因。今天，我們以森鷗外[109] 的短篇《舞姬》為例，多少可以讀出這位同夏目漱石一道代表着日本文學在當時世界文學中的地位和高度、同時也標誌着亞洲文學在十九世紀時晚起但成就不俗的境況。

《舞姬》發表於 1890 年，以第一人稱寫就並有相當的自傳色彩，故事講「我」在德國留學返回東京時在船上帶着懺悔的回憶 ⸺ 回憶「我」在德國柏林讀書時偶遇貧窮的姑娘愛麗絲。愛麗絲是裁縫的

108　周作人（魯迅）編譯，《現代日本小說集》，新星出版社，2006 年 1 月，周作人原序，第 1 頁。

109　森鷗外（1862–1922）：日本浪漫主義作家，主要作品有長篇《青年》，中篇《雁》，短篇《舞姬》《山椒大夫》和《高瀨舟》等。

女兒，因家景困窘，不得不去做了舞姬。而在其生活不測，又被老闆欺凌受辱時，相遇了「我」。於是，二人相識相愛，並使愛麗絲懷孕。可這時，「我」忽然又重新獲得了仕途的升遷之機，最後既虛偽而又毅然地拋棄了愛麗絲，踏上了歸國的輪船。

今天看，也許這個忘情負義的故事，並無太多新意。但它在 120 多年前，這個故事不僅有着現實的意義，而且在我們說的作家與文本這一文學的「關係學」上，有着直到今天都值得借鑒的妙道。這個文本的關係學，至少在以下三個方面，有着亞洲文學較早現代性的示範與呈現：

一是主人翁「我」與作家本人之關係。即小說的自傳性，或說作者個人經歷走入文學的實踐性。

森鷗外在 22 歲的 1884 年，奉命赴德進修，在德國期間經過一場與《舞姬》相似的戀愛。1888 年下半年回國不久，其所愛的德國姑娘就追隨至日本，但迫於體制機構和家庭宗法所限，他只好讓弟弟與妹夫出面與姑娘相見斡旋，說服了姑娘重返德國。這段真實的經歷，正是《舞姬》故事的真實原初，這就構成了作家本人與主人翁的對應關係，現實與虛構的文學關係。如歌德的《少年維特的煩惱》一樣，這種作家與人物的本源關係，是一部小說真實、真切、擊中人心的最初的力量。這一點，就故事「怎麼講」的十九世紀還不夠深入被作家探討並被讀者所接受的景況下，作家的經歷與人物在故事中經歷的重疊與分流，其實正初具着某種現代性的敍述。一如魯迅在幾十年後寫就

的那些名篇，《孔乙己》《祝福》《在酒樓上》和《故鄉》等一樣，都是那種作家的「真我」形象對文學的滲透，也才有着更為不一樣的真實和超越故事本身的力量和文本結構的意義。

二是《舞姬》寫作中視角的現代性。這樣的「真我」在文學中出現，使故事不再是作家全知全能講述的結晶，而是（部分）人物內心獲得最大豐富、最大真實的證據和手段。「我」不僅是以人物的身份而出現，而且是以人物的心理、心靈而展現。這種敘述視角的改變，雖然作家「丟掉」了萬能的地位，但卻在「真實」上獲得天然被信任的可能。「視角」在《舞姬》中不再單純是講故事的方法，如《一千零一夜》那樣環環相扣的講述，而且是故事最大限度地獲得了真實的依據。

今日東返歸國的我，確非當年西渡留學的我了。學業上固然未達到令人滿意的程度，但我卻飽嘗了世道艱辛，懂得了人心叵測，甚至連自己這顆心也變得反復無常，難以捉摸。即便把自己這種「昨是而今非」的剎那間的感觸寫下來，又能拿給誰看呢！[110]

這一段出現在小說開篇的文字，是敘述，更是「我」的心理。從文學心理關係來說，使小說一開始就和女主人翁愛麗絲發生着懺悔、內疚的聯繫。它既是小說故事的心理鋪墊，又是作家 —— 人物 —— 講述者三位一體的作家與文本關係現代寫作的開始，並且因「我」在

---

110 （日）森鷗外，《舞姬》，《日本短篇小說選》，中國青年出版社，1983 年 3 月，第 26 頁，高慧勤編譯。

小說中的出現，虛構的故事，輕易就獲得讀者對作家本人與那個敘述者「我」的雙重信任，同時也為作家 ── 敘述者揭示人物的內心與故事的心理關係，打開了一扇秘密可窺的門扉。這樣將作家本人、敘述者和故事人物三位一體的「第一人稱」，已經超越了簡單的人稱視角，為二十世紀的現代性敘述，埋下了現代與後現代的伏筆。

在二十世紀的小說文體和敘述中，作家既為敘述者，又為人物在故事中「三合一」的出現，極大地豐富、改變了作家與文本、文體的關係，拓寬了敘述的維度。如博爾赫斯的諸多短篇，納博科夫的《塞巴斯蒂安·奈特的真實生活》，索爾·貝婁的《洪堡的禮物》，卡爾維諾的《如果在冬夜，一個旅人》，略薩的《胡利婭姨媽與作家》以及魯迅的一些重要作品等，作家作為人物在小說中的出現，都不僅僅是為了敘述的技巧，更是為了在小說敘述技巧中獲得故事的求真和文體更新的實踐。可以說，在 20 世紀的重要作家中，幾乎所有的作家都是文體家，而其中文本中這種「三合一」的敘述 ── 作家與文本的關係，從十九世紀到二十世紀，正是一條探究現代性寫作的小徑通道，及至到了今天，幾乎所有作家，都或多或少，或深或淺地在作品中或敘述的過程中，滲透展開着一個「作家」的形象，或者「作家」本人在文本上出現的含有結構意義的敘述。這一點，美國作家保羅·奧斯特，幾乎不在故事中出現一個「作家」的形象，似乎就無法展開故事的敘述，實在是運用到熟極而果落的地步。而魯西迪的《午夜之子》，則把作家與文本之關係，運用到驚人的奇妙與嫻熟，使這一龐大的作

品獲得了少見而寬闊的敘述空間。魯西迪在時間的敘述之外，把空間敘述近乎完美、完整地拉回到了寫作之中，歷史事件、現實發生與作家的寫作過程，及講述者（作家）歷史學家薩里姆·西奈，作為小說人物和敘述者隱沒、出現並隨時現身的向情人博多對家族故事的歷史講述，委實到了使文本完美多變、奇巧豐富而又張弛有序的境界，僅憑這一點，作家、人物、敘述者與文本多層次地交錯呈現的天衣之無縫，《午夜之子》也可列入偉大的文體文本之行列。

文學關係是一種文學的關係學。在以上的五種文學關係之外，還有人物與非人物、非心理、超文字的人物與世界和物的關係之聯繫。如高里奧老頭和那座伏蓋公寓之聯繫；《獵人筆記》中獵人與大自然之聯繫；在傑克·倫敦筆下的人與空曠、荒寂、殘酷的山脈、沼澤之聯繫，與各種動物之聯繫；以及約瑟夫·K與法律、法庭之聯繫，大學生K與城堡之聯繫等，這些文學中人物與非人物的聯繫和關係，也都是文學關係中最為重要、最為獨特，也許是更難表達敘述的文學關係學。

這樣的非人物與人物間的人與物與自然的文學之關係，可謂文學的第六種關係：文學的人與非人之關係。這種關係我們在第八講「自然情景：決然不是人物與情節的舞台與幕布」中已有涉及和說解，這兒就住嘴擱筆，不復贅述。

2016 年 3 月 3 日 於香港科大

第
十
二
講

開頭與結尾

：

可控的開始與不可控的結束

開頭與結尾：可控的開始與不可控的結束

華盛頓廣場西側的街區裏，馬路發狂似的，橫七豎八，分成了許多叫「胡同」的巷子 [111]。

這是那個為世界文學創造了「歐·亨利式結尾」或說「歐·亨利式故事」的作家最為著名的短篇之一《最後一片葉子》的小說開頭。

它好嗎？

不一定。

不好嗎？

不一定。

對於一篇一部小說而言，好的開頭確實重要。但這個重要更多時候是對作家而言，而並非完全對於讀者。在許多人的嘴裏和批評家的筆下，甜言蜜語如同善會欺騙女性的男性口才。或者是，善能勾引男人的女人的口液。「讀了開頭就想讀到結尾。」這話一從讀者嘴裏出來，或被批評家落在紙上，再或被善能哄騙大眾的文化記者寫刊於報紙和今天盛行的微博或微信，每每看到，我就會立刻產生正反兩面的感慨。一面是：「你好容易上當啊！」另一面是：「你很會欺騙讀者和大眾哦！」窮盡回憶，搜腸刮肚，我都沒有遇到過一本、一篇剛看個開頭就想看到結尾的那樣絕妙的小說和小說的開頭。在內地的網上，

---

111 《歐·亨利文集》第一卷，內蒙古人民出版社，1998 年 3 月，閆玉英、雷武鈴譯，第 308 頁。

朋友圈裏，曾經流傳過那樣一篇振振有詞的編輯文《世界名著中最好的十個開頭》，其中羅列了狄更斯的《雙城記》，托翁的《安娜·卡列尼娜》，卡夫卡的《變形記》，馬爾克斯的《百年孤獨》，錢鍾書的《圍城》等十部著作的十個開頭。人們把這些小說的開頭，編輯排列，人云亦云。沒人知道這十個開頭為十個世界名著最好的開頭的標準是甚麼，是誰在評選和排組。總之，如

> 「幸福的家庭家家相似，不幸的家庭各各不同[112]」
>
> 「婚姻就是城外的人想進去，城裏的想出來[113]。」
>
> 「那是最美好的時代，那是最糟糕的時代；那是智慧的年頭，那是愚昧的年頭，那是信仰的時期，那是懷疑的時期；那是光明的季節，那是黑暗的季節……[114]」

凡此種種，都成為了最好、最著名的小說開頭。而且這個好，聲名遠揚，不僅在中國，而且在世界各地。

可是，這些小說的開頭真的好嗎？究竟是因為小說好人們才發現這部小說的開頭好，還是因為這些小說的開頭好，才導引出了一部小說的名望和傑作的不朽和偉大？

當然，是因為小說的偉大，讀者才回過頭來發現了好的開頭，而非因為那個開頭好，也就證明了小說好而且偉大與不朽。「幸福的家

---

112 《安娜·卡列尼娜》小說開頭。
113 錢鍾書的《圍城》開頭。
114 狄更斯的《雙城記》開頭。

庭家家相似，不幸的家庭各各不同」「婚姻就是城外的人想進去，城裏的想出來。」……這不就是根據故事內容總結出來的兩句作家隨性而發的感慨和清新、易懂的警哲小句嘛。如果這是好的小說開頭，那麼《蒙田隨筆》中隨便的一句話、兩句話，不就是世界上最好、最不朽的小說開頭了。從羅素、康德、黑格爾、叔本華……隨便哪個哲學家的哪本書中翻出一句話，套出兩句話，指桑而道槐地寫下三兩句，那就是了不得的小說開頭了。

　　同學們，千萬不要把文學的小說語言與哲理混為一談。不要把小說警句當作文學的資本，這就太糟蹋文學了，太輕賤寫作了。一部小說好的開頭，不在於這個開頭說明了甚麼，而在於這個開頭導引出了甚麼。如同一根草繩和一條金線，我們沿着草繩和金線的開頭，拉呀拉呀，最後那根草繩牽扯出了一團黃金，一筐鑽石和瑪瑙；而那條閃光的金線，拉呀拉呀，扯出了一捆稻草或一筐沙土。那麼，哪根線索更好呢？哪個開頭更好呢？當然，你會說一根金線拉呀拉呀，扯出了黃金、鑽石、瑪瑙不是更好嗎？可是，你怎麼知道在文學的千頭萬緒裏，那一根一根的線頭，哪條是金線哪條又是草繩呢？你不讀完《雙城記》，不從《雙城記》中讀出狄更斯對他所處的時代的激情與批判，對現實中慾望與權力的憤怒，並對受壓迫的人葆有的那份極大的同情、悲憫與愛，又怎能體會「那是最美好的時代，那是最糟糕的時代……那是光明的季節，那是黑暗的季節，那是希望的春天，那是失望的冬天」的精闢、準確與犀利呢？倘若《雙城記》不是一部偉大的

作品，這個開頭就不僅不是一根金線，而且連一根草繩也不是，而是寫作者空泛無用的一股怨氣和怒氣。是憤怒的罵街和大聲之吆喝。

　　所以，小說開頭的高低與上下，不取決於開頭言語的別緻，警句、哲理和意像、意蘊的豐沛和多少，而取決於這個開頭──這樣的一句話、幾句話，或一個段落能否抽絲剝繭，一層一層，一段一段把你要講的故事條理清晰地匯出來。「開門見山」是一種美，可開門後撲面而來的是一團迷霧不也非常誘人迷人嗎？開門後既無山、也無水，更無迷霧的朦朧和引人入勝的懸念與困惑，只是一片常見的荒地、曠野，庸常的城街與樓房和人流，需要你走過荒野才能見到人煙與村落、河流與山脈；穿過世俗、常見的煩亂才能看到詩意、人心、黑暗和美的光，奶與蜜的迦南地，那為甚麼不多走幾步去見識那美的光和奶與蜜的迦南呢。

　　在我給大家帶來的 70 餘篇 19 與 20 世紀的短篇小說中，有 30 多篇是選自 19 世紀偉大的作家之創作。在要討論小說的開頭與結尾時，我發現這些短篇名作幾乎都是從時間、地點、人物或事件開始寫起的，無一超出這些讓人意外或者驚訝的。「這是七月裏的晴明的一天……[115]」「一個傍晚時分，站在羅生門下的一個僕人等着雨住下來……[116]」「一個極好的夜晚，一個同樣極好的名叫伊萬・德米特里奇・切爾維亞科夫的庶務官在劇院大廳第二排的圍椅上……[117]」「3月

115　屠格涅夫短篇《白淨草原》開頭。
116　芥川龍之介短篇《羅生門》開頭。
117　契訶夫《一個小官吏之死》開頭。

25 日，彼得堡發生了一樁非常奇怪的事情。[118]」……還有沈從文的《丈夫》、《蕭蕭》，都德的《最後一課》，芥川龍之介的《竹林中》等，30 多篇佳作，近三分之一的開頭都起於時間，直說歲月。還有超過三分之一的作品是開門見山，描述事件或人物。「我們一邊與韋醫生沿着愛麗舍大街的田園大道往回走，一邊向被炮彈打得千瘡百孔的牆壁、被機槍掃射得坑窪不平的人行道探究巴黎被圍困的歷史。[119]」「在蒙馬特爾區奧爾桑街 75 號乙門的四層樓上，住着一位不同凡響的男人，名叫迪蒂約爾。[120]」……此番各種，都是這樣大同小異敘述的開頭與交待。

它們好嗎？

說不上。

不好嗎？

說不上。

可是，在這些說不上好與不好的後面，出現的小說是《白淨草原》《羅生門》《鼻子》《柏林之圍》《穿牆過壁》等，卻無一不是世界短篇明珠中耀眼的一顆。所以說，當我們執拗地談論小說的開頭好與不好時，未免如一定要一片葉子散播出花的香味來，讓普通一草變成一棵大樹樣。然而在這裏，我們不能否認的是，好的小說開頭，一定是帶有一片葉子所散發的異草花香的。除了它以一片普通草葉引帶出一個草原與一片森林的可能外，它還以自己的節奏給我們引帶出一場音

---

118 果戈里的短篇《鼻子》開頭。

119 都德《柏林之圍》開頭。

120 馬塞爾·埃梅的名篇《穿牆過壁》開頭。

樂會，一段協奏曲，一首永不消失的歌謠或者一幕舞台劇。因為這個富有韻律節奏的開頭，給後邊的敘述確立了節奏與步律。有了這個節奏、調門與步律，後邊的語言和敘述，才有可能踏上音樂的途道，進入音樂廳的門扉。這個開頭確立下的節奏與步律，無論讀者能否讀出來，而每個寫作者，卻都是堅信他的敘述是有節律、步律、韻律含在隱在他的文字間，如昆德拉說他的小說都是音樂協奏曲，他的敘述都包含着節拍、節奏在其中。而這種小說的節拍與節律，中國人說的小說的「腔調」或說韻律感，正是每個作家開始寫作小說時，都會苦苦尋找、反復捉摸的那個「開頭之難」。有人說：「當我寫下第一句，我的全篇就已經都有了。」這小說的「第一句」，其實正是他在那第一句中既抓到了一團亂麻中可以有序扯出的一個頭（開頭），同時又從那開頭的一句、幾句中，抓到了他敘述的一種韻律感，找到了他的那部、那篇小說講述的「腔調」。

脫開翻譯小說語言給我們閱讀帶來的某種翻譯語言的隔離感，回到水乳大地的母語中：

落了春雨，一共有七天，河水漲大了。

河中漲了水，平常時節泊在河灘的煙船妓船，離岸極近，船皆繫在吊腳樓下的支柱上。在四海春茶館樓上喝茶的閑漢子，伏身在臨河一面視窗，可以望到對河的寶塔「煙雨紅桃」好景致，也可以知道船上婦人陪客燒煙的情形。[121]

121　沈從文《丈夫》開頭。

　　鄉下人吹嗩吶接媳婦，到了十二月是成天有的事情。嗩吶後面一頂
花轎，兩個伕子平平穩穩的抬着，轎中人被銅鎖鎖在裏面，雖穿了平時不
上過身的體面紅綠衣裳，也仍然得荷荷大哭。[122]

　　玉家菜園出白菜，因為種子特別，本地任何種菜人所種的都沒有那
種大捲心。這原因從姓上可以明白，姓玉原本是旗人，菜種是當年從北京
帶來的。北京白菜素來著名。[123]

　　這是沈從文的《丈夫》《蕭蕭》《菜園》三個短篇的三個開頭。
這三個短篇，可視為沈從文在短篇創作中的最具代表性的作品，而我
們慢讀細吟沈從文短篇小說中語言的那種腔調與韻律 —— 不急不慌
的敘述，節奏如一個人在鄉村靜野裏勻速漫步一樣邊走邊看的欣賞和
歌讚，以及文字、句式間對字詞的講究而又不特意雕琢的樸美，都如
同夕陽間從鄉村哪兒悠悠傳來的胡音與琴聲，傷而不逝，美且有些頹
萎，就是痛心到如《蕭蕭》中蕭蕭的命運，他的文字也飽含着富有節
奏的禮讚與情懷。在那小說的通篇敘述中，源自作家胸腔內部的腔調
與韻律，其實在我們讀他小說的開始，都已經讓我們鮮明地體味和感
受。換言之，在作家寫作每篇小說的開頭，都已經確立了我們可以感
受並抓到的敘述的節拍與節奏。與此同時，在《丈夫》《蕭蕭》和其他
如《邊城》《長河》等更具代表性的作品的開頭中，沈從文又如出一
轍地沒有進入具體、鮮明的時間、地點、事件和人物的開篇，而都是

122　沈從文《蕭蕭》開頭。
123　沈從文《菜園》開頭。

娓娓道來，首先為讀者描摹出一幅湘西的世俗風景，如佈滿鄉村煙火的世俗水墨。就是《菜園》這篇小說的開頭，似是以人物而開篇，也還一樣是絲線連連，帶着家譜世俗畫的腔音，敘述娓娓，道來漫漫。由此，他小說的風格，也便從他的開篇，確定了韻律與色彩的基調。如同繪畫的開始，都已經確立了水墨的比例和畫風的基礎。

終於，我們可以這樣說了：首先，小說的開頭，無所謂好，也無所謂壞，但它必須是可以從一堆亂麻中理順並順利牽出敘述的那根繩子，尤其是對於短篇；其次，它應該奠定全篇敘述的節拍和節奏；第三，它應該含帶並透露出寫作者的語言風格和整個作品的個性。除此之外，它還能怎樣呢？還有可能怎樣呢？

一天早晨，格里高爾·薩姆沙從不安的睡夢中醒來，發現自己變成了一個甲蟲。

許多年後，面對行刑隊，奧雷良諾·布恩迪亞上校將會想起，他父親帶他去見識冰塊的那個下午。

你即將開始閱讀伊塔羅·卡爾維諾的新小說《如果在冬夜，一個旅人》。

話說有一天……我出生在孟買市。

以此為例，這些和我們前邊講述的小說開頭都不一樣的開頭好不好？無所謂好。也無所謂不好。但確實和 19 世紀的它們 —— 小說開頭不再一樣了。前兩則的開頭句，其出處人所共知，如誰都可以摸到自己的衣服領子在哪兒。而第三，則是卡爾維諾的成名作《如果在冬

夜，一個旅人》中驚人、驚豔的開頭句。「話說有一天……我出生在孟買市。」是正在並終將成為名作的魯西迪的《午夜之子》之開頭。如果說《變形記》小說的開頭還繼承着 19 世紀諸多小說時間、地點、人物和事件的交待之功能，我們一定不能忽略這個貌似傳統開頭中所隱藏的現代性 —— 無因之果的存在。沒有任何直接的物理、生理的原因，格里高爾就一夜醒來變成甲蟲了。這個無因而果的荒誕，深埋着一顆 20 世紀小說現代與後現代的巨大的種子。它看似帶着傳統敘事的色彩，實則包含了對 19 世紀寫作巨大的背叛。《百年孤獨》的開頭，無論是作家外出路上天悟的降臨，慌忙調車回頭，回家伏案落筆的靈感所獲，還是向胡安·魯爾福的《佩德羅·巴拉莫》的寫作致敬，這開頭終是成為馬爾克斯皇冠上的金珠，讓所有的人不僅看到，而且都想拿在手裏把玩一番兒，直弄到今天誰再來說這個開頭之好，都有些張嘴接了別人吐出的痰液的噁心。可是，誰又能否認這個開頭中作家把線型的時間剪為一段一段而重新結接的一種新的時間的秩序呢。誰能否認這句話中正有着百年敘述結構的機關，同時在後邊的敘述中，我們也才發現，《百年孤獨》通篇整文，原來在時間和節奏上，幾乎沒有 19 世紀文學敘述中停滯、歇腳後的那種靜態的講述與描繪。時間不斷地流動，都在其敘述中發出節奏的聲響。

卡爾維諾註定是一個不斷被後人提及的文體家，「你即將開始閱讀伊塔羅·卡爾維諾的新小說《如果在冬夜，一個旅人》。」這個開頭，驚豔到了整個歐洲，也驚豔到了全世界。當下文本與原小說的混

淆，作家本人在小說開始的登場，都讓我們讀慣十九世紀慣例的不急不慌、不驚不乍，可也俗俗套套、本本分分開頭的人，未免如突然吞了一顆大於喉管的巨糖，甜是甜着，可也噎人。噎是噎着，可着實爽口。於是，有了繼續對小說探尋（不是閱讀）的想念，也終於在小說的最後讀到了「一切小說最終的含義都包含兩個方面：生命在繼續，死亡不可避免。」終於要說，這種非閱讀的探尋，對有的讀者，中途失望是一種必然，因為他習慣於閱讀，而非尋找；而對另一些讀者的尋找之旅，一步一景，大有所獲，而不虛之行。

魯西迪這人，對我們來說，究竟是因為他冒犯命運才扯出了作品，還是因為他的作品，必然會導致他驚天動地的冒犯命運，其實都已經不再重要。重要的是，他確實給我們寫出了好的作品。「話說有一天⋯⋯我出生在孟買市。」初看只是一句普通之開篇，而在細讀《午夜之子》後，才知道這句話的不同凡響。「話說有一天⋯⋯我出生在孟買市。」這是誰在和誰說？誰向誰唱書？誰在說話或唱書？原來是一個出生在印度獨立日的 1947 年 8 月 15 日午夜十二點鐘聲敲響時的被掉包的嬰兒，後來成為歷史學家的薩里姆・西奈在向讀者，也向他的情人博多口若懸河的講述。明明是面向讀者，原來卻是面對博多。明明是面對博多，卻又完全是面對做了讀者的我們。歷史如河流與細雨一樣在敘述中流淌飄灑，可到我們正準備被印度歷史淋濕踏水時，眼前卻又出現着當下生活的陽光與溫暖。再也沒有哪部小說如《午夜之子》一樣，在敘述的時間上綴滿着空間的枝葉。而又在空間

的樹枝中纏繞着時間的縱深。如果說《百年孤獨》在時間上完成了剪斷後重新接續與重新塑造時間的新秩序，那麼，這部向拉美文學頗為（也過分）敬重的《午夜之子》，在空間上完成了時間的重塑和整合。而這種重塑空間中的時間 —— 而非被時間貫穿的空間，卻是從「話說有一天……我出生在孟買市。」—— 都已經開始並一直豐富、纏繞、延續到小說的結尾。

·

好了，關於小說的開頭，到這兒我們我們可不可以這樣頗為武斷地說：

一、19 世紀的小說開頭，是在大同中存在着異樣，而 20 世紀好的小說開頭，則完全是對 19 世紀開篇的巨大背叛，是大異中有着小同；

二、開頭無所謂好或不好，但卻是越來越豐富，越來越有更多的可能，也越來越困難。因為似乎 20 世紀寫作的現代性，幾乎都是從小說的開頭第一句，就已強烈地奠定着小說的風格、語言的節奏和作家自身在小說故事中的存在與地位，而非亦步亦趨，慢慢道來的安排與鋪排；

三、寫作者犯不上為開頭一句而撓破頭皮，揪下頭髮來，只要時間到了，敘述開始，時間與敘述都會把作品的太陽牽出來。

·

砰的一下，司馬藍要死了。

這是《日光流年》的小說開頭。無所謂好，也無所謂不好。但

讀過《日光流年》的人，多都會被這一句話微微驚一下。於是，閱讀開始了。也可以說，正是這句話，奠定了《日光流年》小說的腔調、節奏，乃至於整部小說的語言風格。是這句話順理成章地牽出了後邊所謂的「大逆敘」「溯源體」的故事與情節。我這樣寫，人們也這樣認為。論家也這樣談說。可是，又有誰知道，我寫《日光流年》時，在小說的開章部分，用三個月時間，寫了十余萬字，而最終刪去了八萬多字，才理順了整部小說的故事。而且，在小說定稿之後，往北京《十月》編輯部送稿時，一路上都覺得這小說少了點甚麼，可又不知少了甚麼，直到踏上編輯部二樓的樓梯後，腦裏一閃，想到了這小說少了一個開頭句。而這個開頭句，正是這樣一句話：

砰的一下，司馬藍要死了。

於是，我又從編輯部的樓上跑下來，趴在北京北三環的路邊上，為小說補寫了這個開頭句。所以我才說，別為一個開頭把頭髮揪下來，有時候小說的開頭並不在開始落筆要寫小說時，而在你寫作的過程中，甚至是在你全部寫完小說後的日子裏。即：尾聲才是開頭，開頭即為尾聲。

- - - - - - ● - - - - - -

說說結尾。

這一講的題目是，「開頭與結尾：可控的開始與不可控的結束」。之所以我們用這麼多的例子來討論一部小說的開頭，皆是因為小說的

開頭是可控並可任意創造和選擇的。一個作家面對他的寫作時，他可以這樣開始一部小說的寫作，也可以那樣開始這部小說的寫作。開頭千變萬化，有各種可能，直到找到寫作者（非讀者）最滿意的開頭為止。但是，對於結尾而言，從理論上說，作家無權選擇。只能如此。因為當故事結束時，結尾總是等在故事的最後與故事的結束同時到達。有甚麼樣的故事，必然就有甚麼樣的結尾。甚至說，對於好的作品，結尾永遠只有一個，如同托氏說安娜的死，是她不得不死。命運如此，作家無法改變。也無權改變。正因為這樣，才有作家說他的寫作，總是先把小說的結尾寫出來，因此寫作的過程，就有了奔向結尾 —— 目的地的路道。

      …… 今天貝爾曼先生在醫院裏去世了，他患的是肺炎，只病了兩天。前一天，看門人在他的房間裏發現他病得很厲害。他全身的衣服和鞋子又濕又冷。真不知道，夜裏風雨那麼大，他會到哪裏去。後來，他們找到了一盞還亮着的燈籠，一把搬過去的椅子，另外還有幾支畫筆到處散落着，旁邊調色板上抹着綠色和黃色的顏料，再後來 —— 親愛的，往窗外看，仔細看牆上那最後一片樹葉。你想過沒有，它為甚麼在風中一點也不動呢？親愛的，那就是貝爾曼先生的傑作 —— 在最後一片常春藤樹葉子落下時，他又畫在牆上的。[124]

    這是《最後一片葉子》的結尾。是這篇小說永遠都無法更改的結

---

124 《歐亨利文集》，第 315 頁。

束。因為整部小說的講述，都是為了朝着這個結尾的目標，都是為了這個結尾的到來。這個結尾，使全部小說的目的和目的地，當講述到了揭秘後的目的地時，故事結束了。再有任何多餘的敘述，都是畫蛇添足的愚笨。之所以寫作中有甚為流行的「歐·亨利式的結尾」，是因為歐·亨利總是能找到那個永遠都等在那兒的唯一的故事的尾聲。一如《如果在冬夜，一個旅人》的結尾：「一切小說最終的含意都包含兩個方面：生命在繼續，死亡不可避免。」這最後的語句，在卡爾維諾看來，只有它（惟一），才可以和開頭「你即將開始閱讀伊塔羅·卡爾維諾的新小說《如果在冬夜，一個旅人》銜接相連，遙相呼應，如同鐘錶內部第一個齒輪與最後一個齒輪從直接到間接、再間接地咬合，惟一性才是時間準確、正確的保證。如同布恩迪亞家族最後乘風而起的飛毯，和在週末的陽光中，格里高爾的父母和他的妹妹到郊外那場舒心的郊遊。在寫作者看來，這都無可選擇，是一種必然。因為小說結尾的權力，並不在作家的手裏，而在故事本身。當作家以為自己有權選擇故事的結尾時，讀者總能識破你的動機。總能準確地判斷出你的多餘、好事和對寫作者權力的濫用，除非你改變的不是結尾，而是故事的本身。

因為結尾的惟一性，作家也就無所謂選擇與創造。既然故事決定着結尾，那你就只能創造故事，而非尾聲。至於一個故事在結束之後，作家又多寫了一句、幾句，或多少篇章，讀者自會分辨出你的該與不該，是點睛，還是添足，都已經不再有討論的意義了。

2016 年 3 月 20 日　於香港科大

附

錄

推薦閱讀作者及篇名中英文對照

第一講

歌德（Johann Wolfgang von Goethe）：

《一對奇怪的小鄰居》（*The Wayward Young Neighbours*）

第二講

左拉（Émile Zola）：

《陪襯人》（*Rentafoil*）

第三講

契訶夫（Anton Pavlovich Chekhov）：

《一個小官吏之死》（*The Death of a Government Clerk*）

第四講

沈從文（Shen Congwen）：

《丈夫》（*The Husband*）

第五講

馬克·吐溫（Mark Twain）：

《競選州長》（*Running for Governor*）

第六講

莫泊桑（Guy de Maupassant）：

《羊脂球》（*Ball of Fat*）

第七講

哈代（Thomas Hardy）：

《三怪客》（*The Three Strangers*）

第八講

傑克·倫敦（Jack London）：

《熱愛生命》（*Love of Life*）

第九講

果戈里（Nikolai Gogol）：

《鼻子》（*The Nose*）

第十講

都德（Alphonse Daudet）：

《柏林之圍》（*The Siege of Berlin*）

第十一講

森鷗外（Mori Ōgai）：

《舞姬》（*The Dancing Girl*）

第十二講

歐·亨利（O. Henry）：

《最後一片葉子》（*The Last Leaf*）